THE VILLAINESSES ARE UNWAVERING.
悪役令嬢たちは
るがない

悪役令嬢たちは揺るがない

THE VILLAINESSES ARE UNWAVERING.

八月　八

Wakatsu Yatsuki

画 春野薫久

登場人物紹介

［三人の悪役令嬢］

セラフィーナ・パーシヴァルタ

高等部二年。洗礼された物腰と気品に溢れた侯爵令嬢。王太子エーリクの婚約者として恥じぬよう常に冷静沈着で凛としており、他者とは一線を画した存在と思われる事もある“悪役令嬢”。

サンドラ・アルディーニ

高等部二年。手広く商売をしている子爵家の令嬢で、常に流行の最先端の服や装飾品で着飾るお嬢様。派手な外見で誰にでも厳しいが、一方公平な物言いをする“悪役令嬢”。

ベルナルデッタ・メリカント

高等部三年。現宰相の娘で侯爵令嬢。後妻と義弟の出現により、自らの才を抑えて過ごしている。しかし聡明さは隠しきれず、時に他者の知能の低さを見下す態度が出る“悪役令嬢”。

［聖女見習い］

アイニ・ミッコラ

高等部一年。田舎の男爵家の庶子。光魔法の遣い手として見出され、聖女見習いとして学園にやってきた。その価値観の違いと天然で自由な行動から学園に騒動を巻き起こす。

CHARACTER

［男子生徒たち］

エーリク・ハルヴァル

高等部二年。王太子でセラフィーナの婚約者。幼いころから王位継承者としての英才教育を受けた、清く正しい王子様。王族として自信に満ち溢れ、他の者を圧倒する雰囲気を持つ。

オルヴァ・マケライネン

高等部二年。騎士団長を輩出してきた由緒正しき子爵家の嫡男でサンドラの婚約者。王太子の側近を務めるが、根っからの脳筋で、口うるさいサンドラの事を好ましく思っていない。

ジェラルド・マケライネン

中等部二年。オルヴァの弟。幼少期に体が弱かった事から一族に期待されずに育った。領主としての才はあり、サンドラの言葉により才覚を伸ばす努力と彼女への想いを自覚する。

サウリ・メリカント

高等部一年。侯爵家嫡男。愛人の子ではあったが、今は後継者候補として日々勉学に励み、優秀な成績を収めている。姉が苦手で、侯爵家で預かったアイニに惹かれている。

リュシアン・バルリエ

高等部三年。隣国トリニアの王族の血筋を引く公爵家三男で高等部二年から留学中。女性は苦手だが、他の女子生徒にはないベルナルデッタの聡明さに惹かれている。

CONTENTS

目　次

プロローグ

赤い花が見頃の季節。ハルヴァル国内の王侯《おうこう》貴族の子女たちが通う王立学園では、その日長い休みの後の学年後期開始式が行われていた。学園は初等部、中等部、高等部に分かれており、前後期の二学期で一年間の学習を行う。とは言っても、よほどの田舎《いなか》出身者でない限り長期休み中も社交界で一緒になる事の多い生徒たちにとって、休み明けに新鮮味はあまりない。

しかし今回に限り、ここ高等部どころか中等部や初等部までも巻き込み学園は同じ話題で持ちきりだった。

「ねぇ、お聞きになりまして？　聖女見習いが入学してくるそうですわよ」

誰かが言うと、同じくその情報を知る者、興味のある者が、そこかしこで同じ話を囁《ささや》きかわしている。

「聖女見習いなんて何年ぶりかしら。今度は本物なの？」

「大聖堂の司祭様が確認なさって、メリカント家が後見《こうけん》に付いたそうですわ」

「メリカントって、宰相《さいしょう》家《け》の？」

聖女とは、光魔法の遣《つか》い手《て》を指す。

ハルヴァルでは魔法文化はさほど盛《さか》んではない。魔力自体は誰もが持っているが、魔法を使うには『適正』と相当の『鍛錬《たんれん》』が必要なため、一部の特殊な技術者が使っているくらいで貴族には必要のないものとされている。八歳で受ける洗礼式の際に教会で適正と魔力量を調べるテストは受けるが、それは学園で学ぶ際に参考にされる程度で、その授業内容も暴走しないための制御方法と基礎的な操作法程度である。

しかし、それが『光』と『闇』であるならば話は変わる。

光魔法は別名『神聖魔法』とも呼ばれ、治癒《ちゆ》や解毒《げどく》といった人々を救う魔法で、遣い手は全て教会で管理されている。その教会管理下で奇跡の魔法を使う者が『聖女』と呼ばれる。

逆に、『闇魔法』は呪術《じゆじゆつ》を使う事で危険視されており、呪術は証拠が残りにくく暗殺などにも使えるので権力者には警戒される。また呪術を解除出来るのは光魔法だけである事からも、教会から『異端』とされてきた。

その稀少《きしよう》な『光魔法』の適性がある者の出現は、国内の王侯貴族にとっては大ニュースだ。

なぜならば、聖女は上級貴族と同等の権力を持つからだ。

つまり聖女もこの王立学園で貴族と同じ勉強をする事になるのだ。

「元々はミッコラ男爵家《だんしやくけ》の庶子《しよし》らしいぞ」

「ミッコラ？　どこの男爵だ？　しかも庶子だって？」

「ウベルティの方の男爵家だよ。だからメリカント家が後見に付いたんだろう」

本来貴族であれば、八歳の洗礼式で教会で適正テストを受けるはずだ。自らの適性を知らなければ、操作も制御も難しいからだ。

「適正テストを受けていなかったのか？　ろくでもない家だな、そりゃあ他の家に引き取られる訳だ」

「それが何だって高等部の途中から？」

「それが、高等部に入るには教養が足りなかったみたいで、メリカント家で教育をし直すんですって」

「まあ、ろくな教育を受けさせてもらえなかったのね。でもあそこのご子息であるサウリ様はとっても優秀でいらっしゃるから安心ね」

「ご息女のベルナルデッタ様も淑女《しゅくじょ》としてのマナーは完璧《かんぺき》よ」

「ねえ、それよりもその聖女見習いの方のお話って……」

「あなたもお気づきになりまして？」

それまでの真剣な表情から、一部の少女たちの顔色が変わっていく。皆頬《ほお》を上気させ、瞳をキラキラさせている。

「『小公女《しょうこうじょ》物語』でしょう？　私もこの噂《うわさ》を聞いた時から思っていたの」

「あなたも読んでいるの？　嬉《うれ》しい、私もあのお話大好きなの」

きゃあきゃあと盛り上がる少女たちに、近くにいた他の生徒も何の話かと声をかけ、次第に輪が広がっていく。

今王都では、一部の少女たちの間で流行《はや》っている物語があった。

貴族の邸《やしき》で住み込みで働くメイドの少女が、苦労しつつも明るくめげることのない性格で頑張り、実は上級貴族の娘である事が後に判明してどんどん成り上がっていくという話だ。その中で、王子様をはじめ様々な男性に言い寄られるというラブロマンスでもある。

玉《たま》の輿《こし》を夢見る下級貴族から平民の女子たちはもちろん、繊細《せんさい》で美しいその世界描写に上級貴族の子女たちの間でも読まれ、学園に通う年頃の女子たちの間では一大ブームとなっていた。

その主人公の少女と聖女見習いの境遇《きょうぐう》が似ている事に、少女たちは高揚《こうよう》していた。

むしろ自らの力で上級貴族になる事が決まっている聖女見習いの方が好ましいとまで思われている。上級貴族の家に引き取られるのも、その上その家には年頃の格好よくて優秀な嫡子《ちゃくし》までいるのも物語と一緒だ。物語でも引き取られた家で（物語の中では腹違いの兄となる）嫡子に可愛《かわい》がられるのだ。

「どんな方なんでしょうね、今日からいらっしゃるのでしょう？」

「楽しみね〜。今高等部には本物の王子様もいらっしゃるし、もしかしたら……」

現在高等部二年にはハルヴァル国の王太子《おうたいし》と隣国の公子《こうし》が在籍しているので、本当に物語のような全少女の夢のような出来事が起こるかも、とますます瞳を輝かせる少女を他の少女がさすがに窘《たしな》めた。

「さすがにそれは不敬よ。エーリク殿下《でんか》にはセラフィーナ様がいらっしゃるでしょう？」

「そうよ、セラフィーナ様は非の打ち所がないご令嬢でいらっしゃるのだから、あの方以上にエーリク殿下の婚約者にふさわしい方はいらっしゃらないわ」

「そうね、失言だったわ」

「こんな話、サンドラ嬢の耳にでも入ったら大変よ、あなた」

「困るわ、秘密にしておいて」

さすがに既《すで》に婚約済みの王太子とその婚約者に文句をつける訳にはいかない。彼らの婚約は国が認めた正式なものであるし、婚約者である令嬢は既《すで》にこの学園の女子生徒を取り仕切っており、その取り巻き、特にその筆頭の令嬢にでも聞かれたら大変な事になる。

それでも多くの少女たちの頭の中では、物語のような展開がすでに繰り広げられていた。

そして名門侯爵《こうしゃく》メリカント家の馬車が学園の入り口に横付けされ、その嫡子であるサウリにエスコートされて現れたアイニを見て、女子生徒たちの熱気はますます高まり、男子生徒たちは小柄で可憐《かれん》なその外見に沸《わ》いたのだった。


元から出生の噂は広がっており、聖女見習いであるアイニが勉学が想像よりも出来た事からすぐに学園内でも受け入れられていった。何よりも『苦労をしてきた聖女見習い』という肩書を持つ彼女に対し、大半の生徒は最初から好意的であった。

更にアイニは慣れてくると、物怖《ものお》じしない性格なのか身分が低い生徒にも浮きがちな生徒にも気軽に笑顔で話しかけた。貴族が集まる学校には、どうしても暗黙《あんもく》の階級制度が存在する。その中で上級貴族と同等の立場になる聖女見習いがとても気さくなので、彼女の周囲は和気あいあいとした雰囲気《ふんいき》になっていった。

しかしもちろん、それを良しとしない者たちも存在した。

特にアイニは男女関係なく誰とでも仲良くするので、それを貴族の女性としては「はしたない」事と非難《ひなん》された。そう言うのは、実際に自分の婚約者に馴《な》れ馴《な》れしくされた令嬢が多い。

「先日もエーリク殿下に馴れ馴れしく……」

「まあ、いくら聖女見習いだからと言って、殿下に話しかけるなんて身の程知らずな……」

一方では、アイニを擁護《ようご》する声も多かった。

「嫌だわ、自分たちが殿下とお近付きになりたくともなれないからと言って」

「殿下がお許しになっているのですから、外野が口を挟むべきではないかと思いますけれど」

アイニ擁護派はやはり『小公女物語』のファンが多い。

物語の中、主人公の少女は屈託《くったく》のない笑顔と明るい性格で、貴族社会に疲れた登場人物たちを癒《い》やし、愛される存在だった。

自分たちでは手が届かない上級貴族の子息や王子たちとの恋物語は、見ているだけでも心が躍《おど》る。実際、件《くだん》の王太子殿下は王立学園への初等部入学と同時に婚約者が決まっており、同じ学園に通うと言ってもおいそれと話しかけられる存在ではなかった。

また、その婚約者も完璧な令嬢であり、自分たちには一縷《いちる》の望みも存在しなかった。

しかし――。

「物語では、王子の婚約者は主人公を苛《いじ》めて、最後には王子に婚約を破棄されたのよね」

「あの物語の中の王子の婚約者は、とてもキツイ性格をなさってたじゃない」

「それこそ、サンドラ様みたいな……」

子爵《ししゃく》令嬢のサンドラ・アルディーニは、貿易商を営む裕福な家の育ちという事もあって、いつも流行の最先端の物を身に付けた派手な容姿の令嬢だ。常に自信に満ち溢《あふ》れ、普段から物言いがきついのだが、言っている事は正しいので、それがまた逆らえない迫力がある。

「セラフィーナ様はそんな事はないじゃない。まぁ、どこにも隙《すき》がなくてわたくしたちとは身分が違うと思っていらっしゃる感じですけれども……」

「あなた、滅多《めった》な事を言うものじゃないわよ……気持ちは分かりますけれども」

王太子の婚約者である侯爵令嬢セラフィーナ・パーシヴァルタは初等部入学以来、常に女子生徒の中心的存在であった。王太子の婚約者である事を差し引いても、家柄も容姿も成績もマナーも完璧で、声を荒らげる事など一度もないが、誰かと仲良く笑い合う事もない。そんな女性だった。

「表面上は穏やかなんですけどね、あれは私たちとは格が違うと思ってらっしゃるわよ」

「実際王妃様になるんだから、そうじゃない」

「そうだけど、今は同じ学生でしょう。それでも見下《みくだ》されると嫌な気持ちになるわ」

「じゃあベルナルデッタ様みたいに、おどおどと目を逸《そ》らしてほしいの？」

アイニの後見人となったメリカント侯爵家息女ベルナルデッタ・メリカントの話を振られた女子生徒は、嫌そうに眉をひそめた。

「やめてよ、上級貴族の令嬢にへりくだられても反応に困るわよ」

「あの方、最上級生で上級貴族の令嬢だという自覚がおありなのかしら？」

ベルナルデッタは淑女としてのマナーは完璧だが、弟のサウリと違いいつも自信なさそうにしており、ほとんど一人で行動している。自ら派閥《はばつ》を作ってもよい家柄のはずなのに、取り巻きも作らずなぜかセラフィーナの派閥に加えてもらっているのも傍《はた》から見ると違和感があった。

「でもアイニさんが言うには、家での勉強の時はよくバカにされるらしいわよ」

「ええ～、それって苛めじゃなくって？　嫌だわ、人によって態度を変えるのかしら」

令嬢たちの話は尽きない。

誰かが口を開く。

「ねぇ、このお三方を合わせると、『小公女物語』の悪役令嬢にならない？」

令嬢たちは顔を見合わせ、ひと時の間の後、わっと盛り上がった。

『小公女物語』に出てくる悪役令嬢……王子の婚約者は、身分が高いのを鼻にかけ、王子や他の人の前では淑《しと》やかに振舞《ふるま》い、裏では主人公を苛烈《かれつ》に苛める激情型の令嬢だ。

「いやだ、本当だわ！」

「三人合わせると完璧！」

「悪役令嬢！　ぴったりの表現ね」

クスクスと笑い合う令嬢たちのこの話は、少しずつ、学園内に浸透していった。

これは、『悪役令嬢』と呼ばれる立場となった令嬢たちの、折れない心の物語。

一　王太子婚約者

セラフィーナ・パーシヴァルタの場合

「セラフィーナ様！　このままでよろしいのですか？」

お気に入りの中庭の温室サロンでお茶を飲んでいる時に、叫び声を上げながら一人の令嬢が駆け込んできたため、侯爵《こうしゃく》令嬢セラフィーナ・パーシヴァルタは秀麗《しゅうれい》に整えられた眉を少しだけ動かした。

「何ですか、サンドラ嬢。はしたないですよ」

音を立てずに静かに、飲んでいたカップを置いたセラフィーナの言葉に駆け込んできた子《し》爵《しゃく》令嬢、サンドラ・アルディーニは自らの礼を欠いた行動にハッとし、遅ればせながら入室の礼を取る。

「失礼いたしました、セラフィーナ様」

しかしその後、キッと勝ち気そうな翠色《みどりいろ》の瞳を再びセラフィーナに向ける。

「先ほど、エーリク殿下《でんか》がまた例の令嬢と一緒にお茶をしているのを見ました」

「そう。とりあえず貴女《あなた》も座ったらどう？　リーチャ、彼女を席へ」

サンドラの強い口調と内容に周囲の令嬢はさほど気にした様子

もなく、脇に控えていた自身の侍女《じじょ》に命じた。

セラフィーナ・パーシヴァルタ。

この国でも有力な侯爵家の令嬢であり、次期国王となる王太子《おうたいし》エーリク・ハルヴァルの婚約者である。艶《つや》やかな黒髪に、深い夜空のような紫の瞳。洗練《せんれん》された物腰に、思慮深《しりょぶか》い性格、気品を持ち合わせた文句なく次期王妃にふさわしい、美しい女性だった。王国内の王侯貴族たちが通うこの学園においても、彼女の存在は王太子と並んで別格で、二年生ながら確実に女子生徒たちの主導者であり、皆が彼女に心酔《しんすい》していた。

つい先日までは。

「どうしてそう落ち着いていられるのですか。これで何度目でしょうか。婚約者がいながら他の令嬢と親しくするなど、言語道断《ごんごどうだん》ですわ」

用意された季節の花の香りのするお茶を、所作《しょさ》だけは美しく飲みながら、対するサンドラの語気はまだ荒い。翡翠色《ひすいいろ》の瞳が怒りのせいか今は緑色が濃くなっている。セラフィーナと同じく高等部二年生である彼女は、初等部時代からセラフィーナを支持しているが、だからと言ってセラフィーナの意向に全て従うという訳ではない。生来《せいらい》の気の強さもあり、礼儀は弁《わきま》えながらも言いたい事ははっきりと口に出し、流行に敏感で外見に常に気を遣《つか》い、セラフィーナとは違う意味で学園内の女子生徒の支持を集めていた。

そのサンドラが見たというのは、学園の食堂のサロンでの事だろう。食堂の中二階に当たる位置にあり、一部の生徒しか出入りが出来ない。しかし、一階からもその様子は見え、衆人《しゅうじん》環視《かんし》と変わりない。

「そうね、貴女の婚約者もね」

セラフィーナが微笑《ほほえ》みながら返すと、サンドラはカッと頬《ほお》を赤くし、自慢の縦ロールにセットした金髪を払い、落ち着きを取り戻そうとした。

「そ、そうです。セラフィーナ様の婚約者であらせられる殿下も、私の婚約者であるオルヴァも、それから宰相閣下《さいしょうかっか》のご子息であるサウリ様も、彼女を囲んでお茶をしておりました。しかも衆人環視の食堂サロンでです！」

サンドラの言葉に、同じテーブルに着いていた一人の令嬢の肩がビクリと震えた。それを見逃さず、サンドラが矛先《ほこさき》を向けた。

「これは一体どういう事なんですの？　前にも注意いたしましたわよね、貴女の監督不行き届きではなくて？　ベルナルデッタ様」

サンドラの強い視線を受け止めきれず、ベルナルデッタと呼ばれた少女はストロベリーピンクの瞳を伏せ、小さく謝罪の言葉を口にした。

「申し訳ございません、サンドラ様……」

ベルナルデッタ・メリカント。セラフィーナと同じく侯爵家の長女であり、現宰相の娘に当たる。つまり先ほど話に出た、サウリというのはベルナルデッタの弟だ。腹違いだが。

「そうベルナルデッタ嬢ばかり責めるのではありませんよ。彼女も努力はしているようですから」

「努力をしていても、結果が伴《ともな》わなければ何の意味もございませんわ」

セラフィーナのフォローに、ベルナルデッタの顔が上がるが、続くサンドラの言葉に再び視線は膝の上の自分の手に戻った。セラフィーナも全てを庇《かば》おうというつもりはないようで、サンドラの反論に「そうね」とあっさりと同意した。それを皮切りに、他の令嬢たちからも声が上がり、サロン内は若干《じゃっかん》騒がしくなった。

彼女たちの心をこうして乱している原因は、一人の令嬢にあった。

アイニ・ミッコラ。

ピンクブロンドの肩までのふわりとした髪に、ヘーゼル色の丸っこい瞳。学年は高等部一年だが年よりも少し幼く見える愛らしい容姿の少女だ。彼女はミッコラ男爵家《だんしゃくけ》の庶子《しょし》であった。ミッコラ男爵家の領地は王都から遠く離れた田舎《いなか》で大した産物も産業もない土地で、彼女も家の使用人との間の庶子という事で、屋敷では使用人と変わらぬ扱いだったらしい。

それが変わったのは、今から一年前。

彼女に『光魔法』の才能が突如顕現《けんげん》したからだった。

この国において『光魔法』は非常に貴重でその力に目覚めた者は、いずれ教会で高い地位に就く事が決まっている。

王国内では教会は貴族と同等の発言力を持つため、彼女は突如《とつじょ》として田舎貴族の庶子から将来を約束された聖女見習いとなった。上級貴族と同等の地位に就く事になるのだからと、国内の王侯貴族の子息女が通う王立学園へと編入が決まり、聖女となる者の後《うし》ろ盾《だて》が田舎男爵では弱いと、現宰相であるメリカント侯爵家が後見人に就く事となったのだ。

　そう、ベルナルデッタとサウリの実家である。

　そしてアイニはメリカント家に居候する事となり、上級貴族令嬢としての教育を受けた後、学園に編入してきた。それが数か月前の話だ。

　そして今、田舎で使用人のような生活をしていた聖女見習いは、初めての王都、初めての貴族の子女たち、初めての学園の中、まさに自由な生活を謳歌《おうか》していた。

「わたくしも何度も申し上げましたのよ？　婚約者のいらっしゃる男性とは必要以上に親しくなさるものではないと。なのにあの方、『お友達ですもの』『学園では身分なんて関係ないんでしょう？』と聞く耳を持ちませんのよ。半年以上上級貴族の作法を教え込んだのではなくて？　ベルナルデッタ様」

　歪《ゆが》む口元を隠す様に、華奢《きゃしゃ》な扇《おうぎ》を広げたサンドラにまた水を向けられ、ベルナルデッタは縮こまる。

「わ、私も編入前から学園内には婚約者のいらっしゃる方が多くおられる事も、貴族の序列の話もしましたし、編入してからも何度か言ったのですが……申し訳ございません」

　アイニの学園生活の教育係は同性で二歳年上のベルナルデッタが務める事になっている。しかしベルナルデッタは気が弱く、人と話すのが苦手で、明るく口が達者なアイニにはいくら注意してもすぐに言い返されてしまう。その上、彼女の腹違いの弟のサウリまでアイニ側に付いてしまうのだ。

アイニはこの調子で、学園内の貴族子息の数多くと親しくしているらしい。その筆頭《ひっとう》が、エーリク王太子とサンドラの婚約者であるオルヴァ子爵令息、そしてベルナルデッタの弟のサウリ侯爵令息だ。学年は、オルヴァとベルナルデッタが三年、サウリとアイニが一年で、それ以外が二年となる。

「オルヴァ様はわたくしが何度忠告しようと、アイニが可哀想《かわいそう》だ、わたくしがアイニを苛《いじ》めているのではないかとまで言い出す始末ですわ」

パチン、と扇を畳みながらサンドラが婚約者の愚痴《ぐち》をこぼす。勝ち気で気位の高いサンドラと違い、男の庇護欲《ひごよく》をそそるアイニに婚約者が味方している事も、彼女の不機嫌の原因なのだろう。

オルヴァの家は子爵位ではあるが、代々優秀な騎士を輩出している由緒《ゆいしょ》正しき家柄で、オルヴァも幼い頃から剣の才能があり将来を期待されている騎士見習いだった。武芸に秀《ひい》でている一方、貴族同士の腹の探り合いには弱く、それを補う意味でも歴史は浅いが手広く商売を成功させているアルディーニ家の娘であるサンドラが婚約者に選出された。

「オルヴァはいいのです。元から剣術馬鹿で物事を深く考えない質《たち》ですから。問題は殿下ですわ。あのような行為を見て、セラフィーナ様は何とも思わないのですか？」

再び、話は本題に戻ったようで、令嬢たちの視線がセラフィーナに集まる。

ある者は責めるように。ある者は申し訳なさそうに。ある者は興味深そうに。

だが、セラフィーナはそのどの感情にも応えることなく、ただニコリと小さく、微笑んだ。

「わたくしは、何も、思う事はありませんわ」

　不満気な令嬢たちを後に、温室を出たセラフィーナは、午後の授業のために教室に戻ろうと廊下を歩いていく。

　王太子エーリクの婚約者であるセラフィーナは、この学園の女王だ。誰もがさりげなく道を開けてくれる。

　その時、前方からざわめきと共に集団が近付いてきた。

「あら」

「あ、セラフィーナ様！　こんにちは」

　人の輪の中心にいた、ピンクブロンドの少女が元気よく一番に声を上げた。

　噂《うわさ》のアイニ・ミッコラと、エーリクたちだ。

「ええ、こんにちは。アイニさん」

　周囲から向けられる好奇《こうき》の目をものともせずに、セラフィーナは美しい笑みで挨拶《あいさつ》を返した。

「エーリク殿下も御機嫌よう」

「ああ」

　婚約者同士の会話は短く終わった。エーリクは整った顔にこれといった感情を乗せていない。

「あっ、もしかしてセラフィーナ様もご一緒にお茶したかったですか？　エーリク様の婚約者ですものね！　ごめんなさい、次からは誘いますね！」

無邪気そうな言葉に、オルヴァなどは「アイニは優しいな」と言っている。

田舎男爵の庶子が、王太子の婚約者である侯爵令嬢のセラフィーナに「誘ってやる」と言っているという状況に周囲は少しざわついたが、むしろ好意的な目が多い事にセラフィーナは気付いていた。

王立学園に通う貴族には、下位貴族ももちろん多くいる。その者たちからすれば、アイニはある意味理想の姿なのだろう。生まれに関係なく、上級貴族の者たちと肩を並べられる存在。その上、天真爛漫《てんしんらんまん》で誰とでも仲良く愛想良く接する。

黒くまっすぐ伸びた髪と、スレンダーな体型。紺碧《こんぺき》のワンピーススタイルの女子制服でもその腰の細さを際立たせ気品を醸《かも》し出している。由緒正しき侯爵家の令嬢で、幼い頃から最高の教育を受けてきて成績優秀で隙のないセラフィーナ。

対してピンクブロンドのふわふわとした髪に、小柄だが胸元が豊かな体。そのためワンピーススタイルの制服のスカート丈が少し短めに見え、それがまた可愛《かわい》らしい雰囲気《ふんいき》となっている。田舎男爵の庶子で、最近貴族教育を受け始めたばかりで、前向きで頑張り屋なアイニ。

見た目も生まれも真逆な二人が、こうして肩を並べているのだ。

実に、面白い見世物《みせもの》と言える。

今や学園内はセラフィーナ派とアイニ派の二つに分かれていた。

アイニがエーリクと親しくしている事も、それに拍車《はくしゃ》を掛けた。ついには王太子の婚約者はセラフィーナではなく、アイニの方がいいのではとまで言い出す不届き者もいるらしい。彼らにとって、そうなる事は実に素敵な『恋物語』なのだろう。

「お気遣いなく。わたくしにはわたくしの付き合いがありますし、殿下とは王城でお話ししておりますから」

王妃教育で定期的に王城に上がるセラフィーナは、その後必ずエーリクと談話する時間を設《もう》けられていた。これは婚約した時からの慣習であり、義務である。

なのでわざわざ学園内でまで顔を付き合わす必要はない、そう言外に告げるとアイニは十六歳にしては幼《おさな》げな顔に困惑《こんわく》をにじませた。

「そんな……義務的な。好きな人相手だったら、ずっと一緒にいたいものでしょう？」

「貴女はそうなのでしょうね」

それをセラフィーナに求められても困る。

エーリクにもだ。

「授業の用意がありますから、失礼いたします」

これ以上話したところで、周囲の好奇心を煽《あお》るだけで何の意味もないと判断したセラフィーナは、簡略化した礼をエーリクにしてその場を後にした。

密《ひそ》やかながら、自分を非難する声を背に受けながら、セラフィーナの背はピンと伸びたままだった。

⁂

エーリクがアイニたちと街に出掛けたらしい。

その噂を聞いたのは、廊下での鉢合わせから一週間も経《た》ぬ頃だった。

「二人っきりではなく、マケライネン子息もご一緒だったのでしょう？」

「そうですけど、校内ならまだしも、校外でまでですよ!?」

声を上げるサンドラに、セラフィーナは小さく息を吐いた。マケライネンとはオルヴァの家名だ。

「二日に一度のお茶会を取りやめにされた事はないから、その日は避《さ》けてくださっているのでしょう。それ以上、殿下に申し上げる事はありませんわ」

「でも……っ」

「それでは、セラフィーナ様は義務さえ果たしていれば、殿下が外で何をなさろうと問題ないとおっしゃられるのですか？」

言《い》い募《つの》ろうとするサンドラではなく、別の令嬢から投げかけられた質問に、セラフィーナは優雅に首を傾《かし》げた。

「内容によります。殿下はわたくしに対し、婚約者の義務は怠《おこた》らず、王となるべく教育にも真《しん》摯《し》に取り組んでおられます。勤勉たるあの方に、それ以上何を求めよと言うのですか？」

「それでは……殿下が側室を求められても、許可するという事ですか？」

思わず、鼻で笑いそうになってセラフィーナは顔の下半分を扇で隠した。

（馬鹿馬鹿しい質問だこと）

「時と場合によります。ですが貴女、王が側室を娶《めと》るという事がどういう事か、もう一度勉強し直した方がよいのではなくて？」

　そこいらの貴族が愛人を囲うのとは意味が違うのだ。

　王の寵愛《ちょうあい》を受ければ、その一族一派にも権力を与えることになり、更に子でも出来れば跡《あと》継《つ》ぎ問題にも発展する。

　納得のいっていないような顔をしている令嬢を一瞥《いちべつ》し、セラフィーナは少し言葉を付け加えた。

「わたくしとエーリク殿下の婚約は、王が決められた事です。これに対し、わたくしは貴族の義務として、それ相応の努力を重ねているつもりです。皆さまももう高等部の学生なのです。貴族の義務を今一度自覚し行動すべきですね」

　セラフィーナの言葉はその場にいた多くの令嬢には響いたようで、特にサンドラとベルナルデッタは真剣に頷《うなず》いていたから、無駄な発言ではなかったと思っていた。

「貴族の……義務……」

　しかし、それが全く通じない相手がいた事を次の日思い知らされる。

「セラフィーナ様ひどいです！」

わざわざ中庭の温室のサロンに現れたアイニが、入室するなりセラフィーナを非難した。

挨拶も礼儀も完全に無視したその行動に、慌《あわ》てて立ち上がったのは彼女の教育係のベルナルデッタだ。

「何てことを……っ。アイニさん、無礼《ぶれい》ですよ、控えなさい！」

普段小声でしか喋《しゃべ》らず俯《うつむ》きがちなベルナルデッタの強い口調に、アイニは一瞬驚いた顔を見せるがすぐに立ち直って言った。

「無礼って何ですか？　学園内では身分は関係ないって聞きましたもん！」

プン！　と可愛らしく頬を膨《ふく》らませ言い返すアイニは殊更《ことさら》幼く見えた。見た目だけではなく、その思考もだ。

「身分は関係ないって……そんな子供のような……」

目を瞠《みは》るベルナルデッタに、彼女の教えではないことを確認しつつ、セラフィーナはアイニに問いかけた。

「それで、わたくしの何がひどいのでしょう？」

そうだ、と言わんばかりにアイニが再び両手のこぶしを握る。

「エーリク様との婚約は義務だけだって言ったって聞きましたよ!?　ひどいです、愛のない結婚なんて、エーリク様がかわいそうです！」

昨日の今日でアイニの耳に入るという事は、このサロンの参加者の誰かが直接ないしは近しい者を通じて漏《も》らしたのだろう。椅子に座る令嬢たちの顔を軽く視線で撫《な》で、セラフィーナはアイニに視線を戻した。正確には、その後ろからこちらに歩み寄ってくる者たちへ。

「皆様お揃《そろ》いのようですから、少しお話ししましょうか。——エーリク殿下方もどうぞ、お掛けください」

アイニの後ろに追いついてきていたエーリクは小さく笑い、オルヴァとサウリは憮然《ぶぜん》とした表情だった。

高等部と中等部それぞれの校舎の間にある中庭は、国内の王侯貴族の子女が集まる学園とあって立派なものだった。正面に見える噴水《ふんすい》と手入れされた芝生《しばふ》の広々とした空間に普段は休み時間などに学生が集《つど》う。その奥、石造りの渡り廊下の先に温室がある。授業で使うものや教師の研究のための植物の栽培なども行っていて、中高共用な事もあり建物自体が上級貴族の屋敷にあるものよりもかなり大きい。中も観賞エリアと研究エリアに分かれていて広く、足元は石畳になっている。その奥にセラフィーナたちが使うサロンがある。

温室はガラス張りで陽が入るようになっているために、サロンのある区域だけに斜めに屋根の骨組みがされており、そこに緑が絡《から》まり花が咲き、天然の日よけを作っている。温室は中等部と高等部とで表向きは共有ではあるが、この温室サロンを使えるのは高等部学生と暗黙の了解で決まっていた。

それと同時に、王族の婚約者であるセラフィーナが中等部入学から使う事もまた、当たり前の事として知られていた。

アイニたちとセラフィーナ、それとサンドラとベルナルデッタで一番大きな白いテーブルを囲み、他の令嬢たちは別の銀色のテーブルに移動した。しかしその耳は一言も聞き逃さぬようそばだてられている。

セラフィーナ付きの侍女が全員にお茶を入れ終わるのを待ってから、セラフィーナはおっとりと口を開いた。このサロンの主人はセラフィーナだからだ。

「アボンディア産のお茶です。少し苦みがあるので、よろしかったらミルクと一緒にお召し上がりください」

そう言ったにもかかわらず、アイニはそのまま飲んで「にがぁい」と涙目になっている。

「大丈夫か、アイニ」

「他人《ひと》の話を聞かない人ですね。ミルクも蜂蜜《はちみつ》も用意してあるのに、まるで被害者のようなお顔をなさって」

すかさず心配気に声を掛けたオルヴァにかぶせるように、サンドラがわざとらしくため息を吐《つ》いた。オルヴァが自分の婚約者を憎々し気に睨《にら》む。

「そうやって人を非難する事は、品がない事にはならないのか？」

「お茶会のルールを教えてさし上げているだけでしょう？　お茶の飲み方も知らず、味に文句をつけるなど、主催者のセラフィーナ様への侮辱《ぶじょく》となる事もお分かりにならないようなので」

フッと明らかにバカにした笑みを浮かべるサンドラに言い返したい気持ちはあるが、セラフィーナの手前オルヴァはグッと言葉を飲み込んだ。それを尻目に、サウリがミルクと蜂蜜の入った小瓶をアイニに差し出す。

「ほら、アイニ。これを入れて飲んでごらん。美味《おい》しいから」

「え〜こんなに苦いのに本当？」

「アイニは甘い物が好きだもんな」

　甲斐《かい》甲斐《がい》しく世話を焼くサウリに、姉のベルナルデッタは困ったような顔でソワソワしている。王太子の婚約者であるセラフィーナの出したお茶に対し、また文句のような物言いなのを注意したいが出来ないでいるのだろう。チラチラと向けられるベルナルデッタからの視線に、セラフィーナは優しく微笑んだ。

「ふふ、本当に可愛らしいのですね、アイニさんは」

「え、そんな。セラフィーナ様もお綺麗《きれい》ですよ」

「まぁ、ふふ」

　セラフィーナが笑うと、サウリは小さく顔をしかめた。今の「可愛らしい」が誉《ほ》め言葉ではない事を理解しているからだ。

「何度かお話ししましたが、こうしてきちんと場を設けた事はありませんでしたね。わたくしはそれでいいと思っていたのですが、一度きちんとお話しした方がよかったみたいですね」

　話があってやって来たのは自分なのに、セラフィーナからも話があるような物言いに、アイニはきょとんとした。

「セラフィーナ様から、私に話があったんですか？」

「いいえ、ありませんわ」

ニコリと笑われ、ますます首を傾げた。

しかしそれにセラフィーナは応えず、アイニに先を促《うなが》した。

「まずはアイニさんが話したかった事を聞きましょうか。あったのでしょう？　お話が」

「あっ、そうです。あの、セラフィーナ様はエーリク様との婚約を、義務だって言っていたって聞きましたけど、本当ですか？」

アイニの真剣な表情に、セラフィーナの笑顔は変わらない。

「ええ、本当です」

「そんな、ひどいです！　エーリク様がかわいそうです！」

大きな瞳に涙を溜《た》めて訴えるアイニに、セラフィーナは小さく首を傾げ、正面のエーリクを見た。

「だそうですが、可哀想なんですの？」

「いいや？」

感情の読めない顔で否定の言葉を口にしたエーリクの腕に、隣にいたアイニがしがみ付く。

「！」

「無理しないでください、エーリク様！　いくら王子様だからって、政略結婚で義務だけの関係なんて、お辛《つら》いに決まっています！」

涙ながらに訴えるアイニの手が、エーリクの手を包む。

「貴族なんだから、政略結婚は仕方ないと……私も分かっています。でもセラフィーナ様には愛がなさすぎます！」

「あなた……っ！　いい加減になさい！　誰の手を握っているのですか!!」

ガタンッと常にない乱暴な所作で席を立ったサンドラが声を荒らげるが、アイニはその姿勢のまま言い返した。

「目の前で婚約者の手を握られても、表情一つ変えない冷たい婚約者の方が問題なんじゃありませんか？」

ひた、といつもキラキラ輝いていたアイニの瞳が、強い意志を持ってセラフィーナの紫の瞳を見据えた。

なるほど、今まで学園内でエーリクたちにベタベタしていた事を抗議しなかったのを「婚約者としてどうだ」と言うのか。直接抗議したサンドラたちには「お友達」と言って止《や》めなかったのに。

「ふふ……」

思わず漏れた笑みに、アイニの瞳にカッと熱が籠《こ》もるのが見えた。

「何を他人事みたいに笑ってるんですか!?　少しでも愛していたら嫉妬《しっと》とかするはずです！」

アイニの言う事は、これまで周囲からもそう思われていた事でもあるのだろう。それはセラフィーナも感じていた。

だが、見当違いなのだ。

アイニも、周囲も。

「どうしてわたくしが、殿下が少し興味を持っただけの、ちょっと毛色の違う子犬に、嫉妬しなければなりませんの？」

同じ舞台に立てていると でも思っている事が。

「こ……いぬ……」

丸っこい目を更に丸くして呟《つぶや》くアイニだが、すぐにカッと顔を赤くした。

「ひ、ひどいです！　犬だなんて……！」

「ひどい？　どうして？　可愛らしいじゃありませんか、子犬。子兎《こうさぎ》の方がよかったかしら。殿下はどう思われます？」

犬扱いされたと、涙目ですがるような視線を向けるアイニをチラリと見て、エーリクはするりと握られていた手を振りほどいた。

「……そうだな、私は川イタチに似ていると思っていた」

川イタチは、川辺に棲《す》むイタチの事だ。丸顔でつぶらな瞳で、ふわふわとした毛で可愛らしいと人気がある。

「え……？　エーリク様、どういう……」

「どうも何も、殿下は貴女の事を物珍しいとしか思っていなかったという事ですわ。そのような相手に、どうしてわたくしが嫉妬しなければならないのですか」

何をまるで競える相手のような顔をしているのかと、セラフィーナは本気で疑問に思う。

アイニとセラフィーナでは、生まれも血筋も培《つちか》ってきた知識も、そして覚悟も違うのだ。

「セラフィーナ様、それはいくら何でも失礼じゃありませんか？」

エーリクの川イタチ発言に、パクパクと口を動かすばかりで言葉が出ないアイニの代わりに、サウリが口を挟む。侯爵家の子息のものとも思えない言葉にセラフィーナはため息を扇に隠した。

「失礼？　わたくしと彼女を同等に扱うあなた方の方が、よほど礼を欠いているのではありませんこと？」

改めて言葉に出され、ようやくサウリが唇を噛《か》んで黙った。

しかし自分に味方がいると思う事で立ち直れたのか、アイニが再び声を発する。

「で、でも学園内では身分は関係ないって……！」

「それなのですけれど、アイニさんはどこでそのような情報を得たのですか？」

先ほど言われた時にも気にかかっていたのだ。それに王太子殿下であるエーリクを始め、上級貴族の子息たちと仲良くしているのを咎《とが》められた時にも同じ事を言っていたらしい事も聞いている。

「え……どこって、編入前に家でそう聞いて……」

「家でと言うのは、メリカント家かしら？」

「いえ、ミッコラの家です。あと学園の案内書に……」

それを聞いてセラフィーナは胸を撫でおろした。

「よかったわ、教育不足でメリカント家に罰を与えずに済みそうで」

その言葉に、サウリはビクリと肩を竦《すく》ませ、ベルナルデッタは目を伏せながらも謝罪した。

「いえ、改められなかった私どもの責任です。大変申し訳ございません……」

「え？　え？　何でベルさんが謝るんですか？　学園内では身分は関係ないんでしょう？」

「そんなものは初等部までの話に決まってるでしょう？」

状況が把握《はあく》できずにせわしなく辺りを見渡すアイニに、セラフィーナではなくサンドラが呆《あき》れた様子を隠す事なく口を挟んだ。

「え」

「身分に関係なく仲良く、なんてデビュタント前の初等部まででしてよ。社交界に出たらそんな事気にせずにいられる訳ないでしょう？　ましてや高等部なんて、あと少しで学園を卒業して本格的に社交界に出るのですわよ？　社交を学ぶ事も、学園生活の意味のひとつですわ」

もちろん、学園としては身分に関係なく各個人の才能を伸ばしたり、新たな人脈を作らせたい思いがあり、この『学園内は身分に関係なく』という標語が掲《かか》げられていた。それは生徒側が権力を行使するのを抑止する力にもなる。

しかし学年が上がっていくにつれ、生徒たちはおのずと社交を身に着け、自分の家の格と立ち位置というものを学ぶ。卒業後、成人して出る場には多くの成人貴族や要人がいるのだから、今の未成年で学生としてお目こぼししてもらえる間に、社交を学ぶのは当然だ。

もちろん学園側でも防犯的な意味で、王族や上級貴族の生徒を特別扱いする事は多々ある。

その一つが食堂内のサロンだが、その場に招待されていながら何も気付かなかったのだろうか。

「で、でも教会で聖女になる私は、上級貴族と同等になるって……」

「上級貴族と、でしょう？　殿下は王族でいらっしゃるわ」

　そしてセラフィーナも、王族になるのだ。

　黙るアイニに追い打ちを掛けるように、サンドラが昨日とは違う金縁に緑の宝石を付けた扇を向ける。

「それに貴女の立《た》ち居振舞《いふるま》いは、とても上級貴族のものではありませんわ。上級貴族と同等を自負されるならば、最低限の礼儀作法を身に着けてからになさっては？」

「アイニはずっと使用人のような扱いを受けていて、作法を学び出してから一年も経っていないんだぞ？」

　田舎とは言え一応男爵家に生まれたものの、アイニは使用人との間に出来た子だった。認知されてはいたが、その扱いはあくまでも〝使用人の娘〟であり、礼儀作法や勉強も最低限のものしか習っておらず、八歳を過ぎてからは使用人としての仕事が主だった。

　同情を誘う様に熱心に訴えるオルヴァと涙ぐむアイニとそれを慰めるサウリに、サンドラもセラフィーナも顔色ひとつ変えなかった。

「その歳《とし》で一年近くもあって、最低限の礼節も身に付かないなんて、よほど頭か意識がゆるいのですわね。どういった教え方をされていたんですか、ベルナルデッタ様」

　サンドラに話を振られ、ベルナルデッタは周囲……アイニたちを気にしながらおずおずと口を開いた。

「基礎知識はあるようでしたから、半年もあれば余裕のはずだったのですが……その、アイニさんはよく街に出掛けると言って抜け出してしまっていたので……」

「姉上、それは今関係ないでしょう。ご自分の教育の至らないのをアイニのせいにしないでください」

姉の言葉を押さえつける弟に、セラフィーナが後を引き継いだ。

「あまり関係ないとは思いませんでしたが、今はその件はいいでしょう。アイニさんの教育についてはメリカント家で今一度話し合って下さいませ。ともかく、アイニさん」

高すぎず低すぎず、心地の好《よ》いよく通る声で名を呼ばれ、アイニは思わず背筋を伸ばした。

改めてセラフィーナを見ると、その美しさもさることながら、こちらが気後《きおく》れするほどの空気を感じたからだ。

「貴女には聖女となるにはまだまだ足りない部分があるようです。そして、貴女がわたくしと殿下の婚約に関して口を出す権利などない事をしっかり自覚なさってください」

セラフィーナにピシャリと言われてしまっては、誰も二の句が継げない。

……アイニ以外には。

「で、でもお二人は愛し合っている訳じゃないんですよね!?」

まだ言うか、とサンドラが目を吊《つ》り上げたが、それを視線だけで制しながら、セラフィーナは静かに答えた。

「王が決めた、未来の国王と王妃の婚約です」

「だったら……だって……エーリク様は私の事『かわいい』って言ってくれました！」

一瞬、サロン内に沈黙が落ちる。

すっかり忘れかけていたが、令嬢たちのテーブルから「まぁ」「やっぱり」なんて囁《ささや》き声《ごえ》が聞こえ、エーリクに視線が集まる。今まで渦中にありながら、無言を貫いていたエーリクが一度宙を仰《あお》ぎ見てから、ああ、と口を開いた。

「お前が新しいリボンが可愛いかと聞いてきたから、可愛いと答えた時の事か」

「何ですのそれ……。リボンが、じゃない」

拍子《ひょうし》抜《ぬ》けした様子のサンドラの声が耳に入ったのか、アイニが立ち上がる。

「じゃあどうして私と街にお買い物に行ってくれたんですか？　セラフィーナ様じゃなくて！私の話をもっと聞きたいって、言って下さったじゃないですか！」

確かに、アイニが編入してきてからしばらく、エーリクはアイニとよく共にいたし、食事もお茶も一緒にしているのを目撃されている。聖女見習いと言えどエーリクが拒否すれば無理な事であるから、エーリクからの接近もあったのだろう。

令嬢たちの視線がセラフィーナを窺《うかが》うように向けられるが、セラフィーナは相変わらず笑みを浮かべたまま黙している。

「ああ、アイニの話は実に興味深かった。あまり僻地《へきち》の様子を聞く機会も、使用人の生活を知る事もないからな。とても勉強になった。礼を言う」

淡々と、ただ見聞を広めるためだけだったと言う勤勉な王子に、とっさに返す言葉が出てこない。

「街へは詳しいと言うから同行を頼んだ。下町の様子を見聞きする機会は貴重だったから助かった」

あれだけ噂になった城下町デートを、後学のためと簡単に覆《くつが》されてアイニは必死で反論した。

「ま、街が見たいだけならセラフィーナ様と行けばいいじゃないですか！　わざわざ私を誘うから……っ！」

「セラフィーナと行けば、視察になってしまうではないか」

「お忍びで行けばいいじゃないですか！」

「そんな勝手な真似《まね》は出来ない。私は次期国王として、セラフィーナは次期王妃としての責務がある。何かあってからでは遅い。それに護衛の者たちに迷惑をかける訳にはいかない」

真面目《まじめ》だ。

ただただ、真面目で勤勉な王子である。

見た目は金髪碧眼《きんぱつへきがん》で物語に出てくるような眉目秀麗《びもくしゅうれい》な王子であるエーリクを一目見て、アイニは憧れを持った。そして自分は聖女と呼ばれ、上級貴族と並ぶ存在になると言われ、今までの生活では考えられない綺麗なドレスを着せられ、憧れだけではなくお近づきになれると思った。

実際にエーリクの行動は、アイニから見たら誤解を生む言動だったのかもしれない。

だがエーリクはただ勤勉であっただけで、そんな誤解を生むとは考えもしなかった。

なぜか。

自身が王太子で、既《すで》に決まった婚約者がいるから、それを知っていて懸想《けそう》してくる者がいるなどとは考えたこともないからだ。

そしてそれは、セラフィーナも同じである。

「何か思い違いをされてしまったようですが、もうお分かりになりましてよね？」

一応確認の意味で念を押すと、アイニはテーブルの上に置いた拳《こぶし》を震わせていた。

「わたくしといたしましても、まさかここまで学園内で噂が広まるとは思ってもみませんでしたわ」

「噂が広がっていたのか？　私にはセラフィーナという婚約者がいるのに？」

「ええ、残念な事に」

本当に残念だ。

正式な婚約者がいる王位継承者に、別の女を宛《あて》がう動きを見せるなど、反逆罪に近いというのに。

「興味本意で噂を広めた者との付き合いは、今後考えなければなりませんね」

面白半分で王族の醜聞《しゅうぶん》を広める者には相応の対応を。

ビクリと隣のテーブルの令嬢の何人かが体を固まらせた。

今さら取《と》り繕《つくろ》おうとしても無駄だ。ちゃんと誰が何を言ったか、セラフィーナは記憶しているし、茶会にはセラフィーナの優秀な侍女もいる。

「それから意図的に噂を広めた親教会派の家の者も洗い出しておきましたので、また後日のお茶会でお話しいたしましょう、殿下」

「さすが、仕事が早いなセラフィーナ」

微笑み合うふたりの頻繁《ひんぱん》に行われるお茶会の内容を知った面々は、今度こそ震えあがった。

それと同時に、少女が最後の望みとばかりに顔を上げる。

「そんな……愛のない結婚で、仕事ばかりして……エーリク様がかわいそうです。王としての重圧もあるのに、そんな安らぎのない生活……」

「まぁ、ふふふ」

あくまでもエーリクを想っての発言に、オルヴァとサウリが感動したような顔をしているのに対し、セラフィーナはそれはそれは美しく笑った。

「貴女は本当に、わたくしとエーリク殿下を見くびってらっしゃいますね」

パチン、と再び扇を閉じ口元に笑みを浮かべたまま、セラフィーナは夜空の様な瞳をすうと細めた。

「そんな……見くびってなんか……」

アイニの反論に耳を貸す気は、もうない。

「わたくしとエーリク殿下は、いずれこの国を支え、守り、向上させていく使命と責務のもと、固い絆《きずな》で結ばれているのです。愛などと言う薄っぺらい感情と比べてもらっては不愉快です」

初めて会ったのは九年前の事。

婚約が決まったのは七年前だ。

それからずっと、この国を背負うべく教育を受けてきた。

七年に及ぶ信頼関係が、恋愛感情などに劣《おと》るわけがない。

「それに愛と言うのならば、わたくしはこの国を愛しております。王妃とは、国の母です。それ以上に、何が必要なのですか」

きっぱりと言い切るセラフィーナに、もはや誰も口を開けなかった。

そこにいる、気高き未来の王妃に圧倒されて。

ただ一人、その片割れとなる未来の国王だけ、満足げに笑った。

「ああ、共にこの国を愛して育てよう」

二　子爵令嬢　サンドラ・アルディーニの場合

赤・青・緑、色とりどりのリボンがテーブルに並ぶ。

自室のドレスルームの、姿見《すがたみ》の前でサンドラは考える。サンドラのドレスルームには流行の最先端の様々なドレスが並ぶが、学園に付けて行ける装飾品は髪飾りくらいのため、毎朝のリボン選びは大事な儀式だ。専属のメイドもサンドラの髪を巻きながら、一緒に真剣に考える。

しっかりと綺麗《きれい》に巻かれた縦ロールと見比べ、サンドラは紺地に金の刺繍《ししゅう》の入ったリボンを手に取った。


「まぁサンドラ様、素敵なリボンですね」

朝の挨拶《あいさつ》をしながら教室に向かっている時、クラスメイトの令嬢に目ざとく指摘され、サンドラは自慢げにリボンの付いた自らの金髪を撫《な》でる。今日のサンドラは、上は編み込み、後ろ髪は下の方で編まれた三つ編みをリボンで結んでいる。顔の両脇にはきっちりと巻かれた縦ロールが揺れている。

「ええ、綺麗でしょう？　タリティーニで織られている生地から作っていますの。光沢《こうたく》も素晴らしくて、刺繍糸が映《は》えますの」

「タリティーニの布ですの!?　とても質がよいと聞いておりましたわ。今なかなか手に入らないのでしょう？」

　別の令嬢に問われ、サンドラの笑みは深くなる。

「ええ、うちの父の商会で取り扱う事になりましたの。今販路を整えておりますので、皆さまもうすぐ手に入れる事が出来ると思いますわよ」

「まぁ、それは楽しみですわ」

「わたくしは今ドレスも仕立てておりますの。次のティルゲル伯爵《はくしやく》夫人の開かれるガーデンパーティに間に合うよう、急がせていますわ」

「ティルゲル伯爵夫人のガーデンパーティに呼ばれているのですか！」

「羨《うらや》ましいですわ」

　ティルゲル伯爵家は、サンドラの生家であるアルディーニ子爵家《ししやくけ》と同じく商売で成功している貴族だ。夫人も精力的に女性向けの商売をしており、彼女のプロデュースするアクセサリー類は令嬢たちの憧れだった。

　きゃあきゃあと話に花を咲かせている中、令嬢の一人がサンドラに質問をしようと手を上げた時、パシッという軽い音がした。音のした方を見ると、ピンクブロンドのふわふわとした頭が見えた。

「あら、ごめんなさい」

「いったぁ……」

令嬢の上げた手が、ちょうど後ろから来ていたこのピンク頭、聖女見習いのアイニの手を叩《たた》いてしまったのだろう。手を押さえて俯《うつむ》くアイニに、これまた面倒な事に見覚えのある赤頭が駆け寄って来た。

「大丈夫か、アイニ!?」

他でもない、サンドラの婚約者であるオルヴァ・マケライネンその人であった。

「ケガをしたのか？　痛むか？」

「オルヴァ様……大丈夫です」

繰り返す。

この聖女見習いの肩を抱いて、心配そうに顔を覗《のぞ》き込《こ》む男は、『サンドラの婚約者である』オルヴァ・マケライネンだ。

「はぁ……大げさな。大丈夫でしたらいつまでも俯いていないで、さっさと立ち去ってくださらない？」

サンドラが面倒そうに手を振ると、オルヴァの視線がこちらを向いた。ただし、そこに宿るのはとても婚約者に対する感情ではなかった。

「アイニにケガをさせておいて、何て言い草だ！」

「ケガだなんて、大げさな……。少し手が当たって赤くなっただけでしょう？」

実際令嬢は軽く手を上げただけだったし、それが当たったのは手の甲らしいから当たり所が

悪い訳もない。サンドラならば、ケガをしたなどとは言わない。

「それが加害者のセリフか！　謝りもしないなんて、わざとなのか!?」

「大きな声ですこと。ちゃんと謝りましたわ。ねぇ」

実際加害者と呼ばれるべきはサンドラではなく、別の令嬢なのだがオルヴァはまるでサンドラがやったような言い方で怒鳴《どな》る。それに怯《ひる》む事なく、サンドラは手を当てた令嬢に同意を求めた。

「ええ……ちゃんと謝りましたわ」

「……フン、どうせ口裏を合わせているんだろう。廊下で装飾品の話ばかりしていて、何をしに学園に来ているんだか。行こう、アイニ。保健室で見てもらった方がいい」

オルヴァのあまりの言い草に、サンドラはヒクリと口角を上げた。

言い逃げをさせるつもりはない。

やられたら、利息を付けてお返しする。それがサンドラの方針だ。

「まあまあ、そちらこそ朝から晩まで剣を振るだけの生活だとマケライネン家の使用人が嘆《なげ》いていらっしゃいましたよ？　今年卒業だと言うのに、これでは領地運営に携《たずさ》われるのかって」

「なっ……！」

オルヴァの生家であるマケライネン子爵家は歴史が深く、代々騎士となっているが、同時に土地持ちの貴族なため、長男であるオルヴァはいずれそれを継ぐ事になる。それがこのオルヴァは、物心ついた頃から剣の道一筋で、どうにも他に身が入らない。そのため、利に敏《さと》く社交界に強いサンドラが婚約者となったのだが。

「おまけに公衆の面前で、いえ婚約者の目の前で、他の女性の肩を抱くなどはしたない……。マケライネン子爵夫人が知れば大層驚かれるでしょうね。あの方は不実な男性を許されない方ですもの」

マケライネン子爵夫人、つまりオルヴァの母親は以前夫であるマケライネン子爵が外に愛人を作っていたのが判明した際、それはもうすごい剣幕《けんまく》だったと聞いている。その事を暗に示唆《しさ》され、オルヴァの顔は赤になったり青になったり忙しい。

二の句が告げられなくなった婚約者を放っておいて、サンドラはアイニに矛先《ほこさき》を向けた。

「貴女《あなた》も、何度言えば分かるのかしら？　婚約者のいる男性以前に年頃の淑女《しゅくじょ》はみだりに異性に触れたり触れさせたりしないものですわ、はしたない」

「そんな……オルヴァ様は私を心配してくれただけなのに、はしたないなんて……」

ヘーゼル色の大きな瞳に悲壮感《ひそうかん》を浮かべ、アイニが懸命に答えるのをサンドラは感情の籠《こ》もらない冷たい目で見下ろした。

サンドラはこの聖女見習いが大嫌いだ。

聖女が教会の上層部に位置する存在である事も、それが上級貴族と同等の位となる事も分かっている。

彼女の生まれや育ちが悪いからではない。

この女は、いつまで経《た》っても『無礼《ぶれい》』で『貧相《ひんそう》』で『成長しない』からだ。

アイニが王立学園に編入してきたのは、数か月前、後期に入ってからだ。

その前の半年間は後見人となったメリカント侯爵《こうしゃく》家《け》で教育を受けたと聞いていたのに、蓋《ふた》を開けてみれば粗野《そや》で礼儀を知らないまるで子供であった。教育が間に合っていないのかと思い、目に余る行為を度々注意してやっているというのに全く改善されない。

その上、婚約者のいる上級貴族の子息を中心にすり寄り、まるで自分が学園の中心のような顔をする。

冗談じゃない。

この学園の女王は、王太子殿下《おうたいしでんか》の婚約者であるセラフィーナ様一人だ。

それがあろう事か、この礼儀知らずは王太子殿下にまで馴《な》れ馴《な》れしくすり寄っていったのだ。

あり得ない。不届き者。けがらわしい。

「そうだっ！　俺たちは何も後ろめたい事はしてないぞ！　そうやって穿《うが》った見方ばかりしているから貴族社会は嫌なんだ。それに比べて、アイニは純真で心が洗われるよ」

そして自分の婚約者のこの態度である。苛《いら》つくなと言う方が無理な話だ。

「ハッ。もう好きになさってください。ですが婚約者の務めは果たしてくださいませ。今週末のティルゲル伯爵夫人のガーデンパーティは覚えてますわね？」

婚約者同行が推奨されているし、オルヴァは今年卒業だ。少しでも顔を売っておく必要がある。

鼻で笑ったサンドラに顔を顰《しか》めながらも、オルヴァは「分かってる」と言って本当にアイニを連れて保健室に向かって行った。あの手を見せられて、保健医は何を治療するというのだろうか。

「申し訳ございません、私が手を当てたばかりに……」

オルヴァたちが去るのを見送って、アイニと手がぶつかった令嬢が謝罪を口にした。

「気にする事ありませんわ。ちょっとぶつかった程度で大騒ぎする方がおかしいのです」

サンドラの言葉に、他の令嬢たちも賛同する。

「本当に、傷になった訳でもありませんのに、大げさなこと」

「それに……サンドラ様の前では言いにくいですが、オルヴァ様もあれはありえませんわ」

「まぁ……聖女は珍しいですからね。騎士道精神の強いお方です。舞い上がっているのでしょう。卒業までさほどありませんし、その内落ち着きますわ」

傍《はた》から見ても、オルヴァの言動がおかしいのは分かっているが、それをフォローしなければならないのが婚約者の面倒な所だ。

「まぁ、サンドラ様は寛大《かんだい》でいらっしゃいますわね」

いざとなれば、オルヴァみたいな脳筋など、いくらでも口で言い負かす事が出来るし、マケライネン子爵家は掌握《しょうあく》済みだ。

サンドラには、それよりも気になる事があった。

「それよりもセラフィーナ様ですわ。あの娘がエーリク殿下にも近付いているというのに、それを黙認なさっているのが信じられませんわ！」

卒業の近いオルヴァと違い、セラフィーナもエーリクも二年生だ。つまりあと一年以上、あの聖女見習いと同じ学園に通う事になるのに、今の状況を打破する気はないのだろうか。

王室は対立してはいないが、王家に従う貴族と違い別組織として存在する教会だ。

一部の親教会派の貴族は、これを機に王家と教会が親密になればなどという声まで上げていると聞く。久しぶりの聖女の顕現《けんげん》に、完全に浮かれている。

しかしこのままでは、それが本当になりそうな雰囲気《ふんいき》が生まれてきそうだ。

「それは少し不敬ではございませんか、サンドラ様……」

セラフィーナを批判するようなサンドラの物言いに、他の令嬢たちが気まずげにたしなめるが、サンドラは止まらない。

「いいえ。セラフィーナ様は次期王妃としてもっとしっかり存在をアピールすべきですわ！　名門侯爵家の名を背負っているのですもの、当然の義務です」

次期王妃はセラフィーナ以外にあり得ない。あの失礼な小娘を、セラフィーナ自ら戒《いまし》めるべきなのだ。それが彼女に課せられた使命なのだから。

サンドラは、自分の責務を果たそうとしない者が嫌いだ。

セラフィーナがいつもお茶会をしている中庭のサロンへと意見を述べに行った際に、同席していたベルナルデッタもその一人だ。

彼女は現宰相《さいしょう》であるメリカント侯爵の長女でありながら、いつも自信なさげに目を伏せて周囲に対して常に遠慮がちにしている。特に秀《ひい》でた点もなく、名門侯爵家の令嬢だというのに覇気《はき》も威厳もなく、自らの派閥《はばつ》を持つ事なくセラフィーナの茶会に参加している。

　別に彼女自身が次期王妃であるセラフィーナを推《お》しているのならばそれは自由だが、そういった意志もたいして見受けられない。誘われたから参加し、そのまま居続けている。それがサンドラから見たベルナルデッタの立ち位置だ。

　それなのに、彼女のメリカント家は聖女の後見人になるわ、長男のサウリはサンドラの婚約者と同じく聖女の取り巻きと呼んでも過言ではない振舞《ふるま》いを見せている。そういった現状で、聖女とセラフィーナが対立するような学園内の雰囲気を見て取っても、行動を起こそうともしない。


「これは一体どういう事なんですの？　前にも注意いたしましたわよね、貴女の監督不行き届きではありませんこと？　ベルナルデッタ様」

　メリカント家では彼女があの聖女に貴族としての基礎を教える教育係なので、そう言ってサンドラが責めても長いまつ毛を伏せて謝罪するばかりだ。その姿には上級貴族の威厳の欠片《かけら》も見受けられない。

「そうベルナルデッタ嬢ばかり責めるものではありませんよ。彼女も努力はしているのですから」

　見かねたセラフィーナからフォローの言葉が出たが、サンドラが結果を伴わない努力に意味などないと言えば、そうねと頷《うなず》かれた。

セラフィーナは次期王妃としての努力をしている。彼女ほど完璧《かんぺき》な淑女はいないし、威厳も持ち合わせている。

だからこそ、あんな聖女見習いに好き勝手させておく事に納得がいかないサンドラだった。セラフィーナが本気を出せば、あんな小娘ひと捻《ひね》りなのに。

「あの……サンドラ様、申し訳ございません……」

お茶会が解散した後、ベルナルデッタがおずおずと謝ってきたのに、サンドラは目を細めた。

「謝罪なら先ほどもお聞きしましたし、わたくしへの謝罪は必要ありません」

「で、でも私の教育不足のせいで、サンドラ様の婚約者の方が……」

ベルナルデッタが言いにくそうに言った言葉に、サンドラは苦虫を噛《か》み潰《つぶ》したような思いになった。

あの女に婚約者を奪われていると。そう思われるだけで業腹《ごうはら》なのに、更に謝罪までされてはサンドラがまるで不憫《ふびん》なようではないか。

「結構と申し上げておりますでしょう⁉　それよりも、アレの教育をし直すとお約束くださいませ！」

サンドラの張りのある声にビクリと震えたベルナルデッタが、困り切った顔で回答を濁《にご》す。既《すで》に学園に編入していて、その上サウリが付いているのだから難しいのだろう。それでも彼女の行いを正すのは、後見人であるメリカント家長女のベルナルデッタの仕事だ。

「改善する努力をする気もないのに、言葉だけの謝罪をして許しを請《こ》おうなど、少し恥知らずなのではありませんこと？」

　本来なら自分より下位の貴族令嬢からの厳しい言葉に、ベルナルデッタの長い銀色のまつ毛が伏せられる。

　青みがかった銀色の髪と長いまつ毛。ストロベリーピンクの瞳は輝きに満ちていると言うのに、ベルナルデッタはそれを生かそうともせずに下を向く。

　あの髪になら、高貴な紫色も合うし、瞳に合わせて赤いベルベットも合うだろうに、ベルナルデッタの髪はゆるくまとめるか下ろしてあるだけでリボンもない。銀色の髪に金と赤の髪飾りを差したらさぞ映えるだろうに、見た事もない。ベルナルデッタは女性にしては背が高いので、シックな装《よそお》いで髪を結い上げるのもいいだろう。

　これだけの物を持っていながら、なぜこうも全てを台無しにしているのか。素材を活《い》かす気がないのだろうかと、見るたび歯痒《はがゆ》くなる。

「話がそれだけでしたら、わたくし忙しいので失礼しますわ」

　明日はもうティルゲル伯爵夫人のガーデンパーティなのだ。

　準備すべきことは山積みなのだから、セラフィーナが動かないのならば学園内にいても意味がない。

　サンドラは礼をして、ベルナルデッタを振り返ることなくその場を去った。

ガーデンパーティではまず主催のティルゲル伯爵夫人に挨拶をして、それからオルヴァの紹介を。マケライネン家の領地の名産品をさりげなく会話に織り交ぜ……いや、オルヴァが知っているかあやしいので行きの馬車で叩き込もう。覚えきれないようだったら、自分が言うことにして合の手を入れるタイミングを教え……。

「………それにしても、遅いわね」

翌日、ガーデンパーティ用に少し丈《たけ》の短い白地に緑の柄のドレスに身を包んだサンドラは、応接間のソファで日よけ用の帽子を持ったまま時計を見た。ガーデンパーティはお昼に開かれるので、午前の内にオルヴァがアルディーニの屋敷まで迎えに来るはずなのに、まだ来ない。

「まさか剣の鍛錬《たんれん》に集中しすぎてまた時間を忘れているんじゃあ……」

あり得る。というか、今までにも何度かあったのだ。そうやって約束の時間に遅れた事が。

こんな事なら、作法にのっとってはいないが何か理由を付けて、サンドラの方から迎えに行けばよかったかもしれない。

「今からでもそうすれば……でもすれ違ってしまう可能性もあるわね……」

「お嬢様、マケライネン様がおいでになられました」

そのタイミングで、侍女が呼びに来てサンドラはパッと顔を輝かせた。

「応接間にお通ししている時間はないから、私が玄関に行くわ」

もう少しで入れ違いになるところだったと、玄関へ急ぐ。それでも遅刻は遅刻だから、一言言ってやらなければ、そう思ってエントランスホールに下りていくと………。

「ジェラルド様……」

「お久しぶりです、サンドラ様」

そこにいたのは、オルヴァではなかった。

大柄なオルヴァとは違い、まだ少年の域を脱しきれていない細い体躯《たいく》。だが燃えるような赤い髪はオルヴァと同じで、茶色の目は穏やかな性格を醸《かも》し出している。

オルヴァの弟、マケライネン家次男のジェラルド・マケライネン。

もちろん婚約者の弟だ。知っているし、何度も会った事もある。

ただジェラルドはオルヴァより四つ、サンドラより三つ下の中等部生なので学園内でも会う事はなく久しぶりではある。と言うか、そもそもなぜここにジェラルドが……？　と思ったが、答えは一つしかないだろう。

「兄様に急用が出来たとの事で、僕が代理でエスコートするようにと仰《おお》せつかりました。よろしくお願いします」

ニコリと笑って手を差し伸べてくる少年に、サンドラは怒髪天《どはってん》を衝《つ》く思いをどうにか押しとどめ、その手を取る。

（あれだけ……あれだけ念を押しましたのに……っ！）

だが内心では怒りが暴れまわって収まらない。

こういうすっぽかしも初めてではない。

オルヴァは騎士見習いとして、王宮騎士団の演習に同行させてもらう事もあり、そういった予定が急に決まった時には、サンドラを放って行った事もある。

だが今回は、事前の連絡も本人の謝罪も何もなしだ。

おまけに卒業の近いオルヴァの社交界への顔見せの意味もあったのに。本人は卒業後は騎士団入りが決まっているからと、他には何も考えていない事にも腹が立つ。

ガタン、ゴトンとゆるく揺れる馬車内で、明日学園で何と言ってやろうかと煮えたぎりそうな脳内で考えていたら、ジェラルドが小さな箱を取り出した。

「サンドラ様、よかったらこちらをどうぞ」

「？　何ですの……これは！」

差し出された箱の中身は、エメラルドのブローチだった。サンドラが驚いたのは、宝石にではない。その美しいカット、そして装飾にだ。

「ティルゲル伯爵夫人の手掛けているブランドの、初期の作品ではありませんこと!?」

「はい。せっかくお伺いするのだからと、用意させてもらいました」

「わたくしもこのブレスレットは夫人のデザインなのですが、昔の物は手に入れる事が出来ませんでしたのに……」

どうやってと聞くと、母の伝手《つて》を使ったと言われて納得する。マケライネン家は歴史が長く、それだけ貴族間の繋《つな》がりも多い。サンドラのアルディーニ家がいくらお金持ちでも、そこは敵《かな》わない。

「まぁ……それではお借りいたしますわ。ありがとうございます」

「差し上げます。同じのがもうひとつ、ここにあるんです」

そう言ってジェラルドは取り出したブローチを胸に付ける。まだ幼さの残るジェラルドだからこそ似合う。

「お揃《そろ》いですか」

「はい。付けていただけますか？」

婚約者ではない男性と揃いの装飾品を身に付けてパーティに参加するのは、淑女としてはいかがなものか。だがティルゲル伯爵夫人の初期の作品を身に付けないのはもったいないし、せっかく用意してくれたジェラルドに外せと言う訳にもいかない。

（パーティのパートナーと揃いの装飾品というのなら……ありえなくはないわね……）

「ええ……似合いますでしょうか？」

同じように胸元に付けて見せると、ジェラルドはパァっと顔を輝かせて頷いた。

「はい！　サンドラ様の瞳と同じで、とてもお似合いです！」

「まあ、ありがとうございます」

ティルゲル伯爵夫人の初期作なだけではなく、わざわざサンドラの瞳の色に合わせた物を用意したのか。という事は、オルヴァが来られなくなったのは、今朝《けさ》急に決まった事ではないのだろうとサンドラは察した。

（だったら前もって謝罪を直接寄越すべきですわ……）

昨日だって王太子殿下と聖女と楽し気にお茶会などして、ずいぶん時間があるように見えた。

このブローチはオルヴァが用意していて本当に急用だった、という可能性も万が一にはあるかもしれないが……いや、それはない、とサンドラは確信していた。あのオルヴァがこんな気の利く物を用意出来る訳がないからだ。そもそもあの脳筋は、普段から装飾品すべてをまるで何の価値もない物のように言っている。

「ジェラルド様は装飾品にもお詳しいのですね」

「それはもちろん、産業に関わる事ですし、社交界での話題のひとつですから」

この違いよ。

ジェラルドは小さい頃は体が弱く、騎士としては期待されていなかったらしいが今は健康になっている。それでも物心ついた頃には剣を振っていた脳筋オルヴァに比べると、腕は劣るし華奢《きゃしゃ》だ。

だがその代わり、穏やかで女性に優しいので、社交界では密《ひそ》かに人気がある。

「オルヴァ様も、ジェラルド様の爪の先ほどでも見習ってくださればよいのですが……」

思わずそんな愚痴《ぐち》がサンドラから漏《も》れた。

「そんな、僕は軟弱者ですから、屈強《くっきょう》な兄様とは比べるまでもないです」

「何が長所かは、その人によりますわ。その上で、ご自分の責務に努めればよいのですから、ジェラルド様は剣の道よりも他の事をなさった方がよろしいのではなくて？」

マケライネン家は騎士が多いが、それだけではない。小さいながら鉱山も持つ土地持ちの子爵家なのだ。騎士以外でもやるべき事は山ほどあるだろう。

「…………ありがとうございます、サンドラ様。あ、もうそろそろ着きますね」

「ええ、そうですわね」

小窓から外を見ると、見覚えのある屋敷が近づいていた。

さて、どうやってこのブローチをアピールしようかと頭の中を整理していたら、ジェラルドに再び名を呼ばれた。

「何ですか？」

「パーティの後に、少しお時間をいただけませんか？」

「ええ、もちろん構いませんわ」

何だったら、マケライネン家に乗り込んで明日を待たずにオルヴァを沈めてもいい。

そう頷くと、ジェラルドは嬉《うれ》しそうに微笑《ほほえ》んだ。

（本当に、似てない兄弟ですこと）


翌日、サンドラは早めに登校して早速オルヴァの姿を探した。

まずは昨日の件を直接謝罪させ、将来の事をどう考えているのか一度問いたださなければならない。高等部の生徒が皆通る高等部正面玄関で待っていれば、見逃す事はないだろう。ちなみに今日のサンドラは編み込みでアップにしているが、横の髪を束で残し巻いてある。縦ロールは譲れないのだ。特にこういった気合を入れなければならない時は。

すれ違う他の生徒たちへ挨拶をしながら待っていると、向こうから華やかな集団がやってくるのが見えた。その中に、ひときわ背の高い自分の婚約者を見つけ、サンドラは戦闘態勢に入る。

その時、サンドラの耳にあの耳障《みみざわ》りな甘い声が聞こえてきた。

「昨日は本当に楽しかったです！　よかったらまた一緒に行きませんか？」

他でもない、聖女見習いであるアイニだ。声が高いからか、よく響く。染み渡るように耳に届くセラフィーナの声とは違う。

しかしそれ以上に、今あの女は聞き捨てならない言葉を吐かなかっただろうか。

（昨日……？）

アイニの言葉に、エーリクと、そしてオルヴァが返事をしている。つまりこの二人と、アイニは昨日一緒にいたのだ。

サンドラは深呼吸をし、礼を欠いた行動だと知りつつも、王太子殿下の行く手に立ちはだかるように進み出た。

「サンドラ様？」

アイニには目もくれず、サンドラはまずはエーリクに対し礼をする。

「失礼いたします、殿下」

「ああ、アルディーニ嬢か。おはよう」

「おはようございます、殿下。申し訳ございません、先ほどそちらの方の大声が聞こえたのですが、昨日はどちらかにお出かけになられたのですか？」

サンドラの質問に、オルヴァがギクリと体を固めた。それには気付かず、エーリクではなくアイニがよくぞ聞いてくれたとばかりに口を開く。

「あ、そうなんですよ！　エーリク様が街を案内してほしいって言うから、私とエーリク様とオルヴァ様の三人で行ったんです！　楽しかったですよね、オルヴァ様！」

「あ、ああ……」

サンドラの視線から逃げるように、オルヴァはアイニの方ばかりを見て、アイニもそれを嬉しそうにしながら、自分の頭に付いている髪飾りに触れる。

「これ、その時にオルヴァ様が買ってくださったんです！　優しい婚約者でいいですね、サンドラ様！」

それからアイニはエーリクに視線を向け、袖を掴《つか》む。

「また行きましょうね、エーリク様！」

「そうだな」

きっとこの話は瞬《また》く間に学園内に広まるだろう。

聖女見習いが、王太子殿下と子爵令息と街に遊びに行く仲だと。

同じくして、サンドラが同日に婚約者同伴でガーデンパーティに行く予定だった事を知っている令嬢たちの耳にも入るだろう。

王太子殿下から誘ったとあって、その場でオルヴァを問い詰める事が出来なかったサンドラは、後でオルヴァだけを呼び出した。

高等部校舎の裏庭にあたる場所で、サンドラはツンと顎《あご》を突き上げ自分よりも大分背の高い婚約者を睨《にら》みつけた。

「どういうつもりですの？」

「どうもこうも、聖女と殿下を二人だけで出掛けさせる訳にもいかないだろ。護衛だ、護衛」

一方のオルヴァは、時間を経た事で開き直ったのか、堂々とした態度だ。

「護衛ならば本職がいらっしゃるでしょう。それに、街に行く事は前もって分かっていたのでしょう？　それなのにどうして、わたくしに説明も謝罪もなかったのですか？」

約束をすっぽかされたうえ、別の女と出掛けられたという噂《うわさ》は、一日と経たず学園内に広まってしまった。何と言う屈辱《くつじょく》だ、とサンドラは歯ぎしりを我慢する。

「言ったら絶対にそうやって反対するじゃないか」

「当たり前ですわ。そもそも二人ではなく三人でも問題ですのよ。婚約者のいる男性二人と出掛けるなど、ふしだらな女性のする事ですわ」

貴族は女性の品行に殊更《ことさら》厳しい。聖女は血を残す意味で婚姻《こんいん》は認められているが、扱いが上級貴族と同じな上、教会の教えからしても更に厳しいはずだ。聖女自身の評判も落ちるだろうし、何より学園内でそんな振舞いを続ければ、彼女の結婚相手など現れない可能性がある。

ハァ、と婚約者の大きなため息が聞こえて、サンドラは耳を疑った。ため息を吐《つ》きたいのも、吐ける立場なのもサンドラのはずだ。

「よくもまぁそう、次から次へと悪口が湧《わ》いて出てくるな」

軽蔑《けいべつ》したようなオルヴァの言葉に、即座に言い返す。

「悪口ではありませんわ！　事実をお伝えしているんですわ。もし今アイニさんをお連れになって来られるならば、本人にも同じ事を言いますわ」

「冗談じゃない！　お前のその汚い罵《ののし》りを純真なアイニに直接聞かせられるわけないだろ！」

罵りではない。サンドラは、事実を指摘し注意しているつもりだ。

そこでチラリと、サンドラの髪飾りに目をやったオルヴァが続けた。

「アイニはサンドラと違って、純真で繊細な子なんだ。そうやって高価な品で飾り立てることなく、下町の露店で買った髪飾りでも喜んでくれる子だ。お前と一緒に考えないでくれ」

言いたい事だけ言って去って行くオルヴァに、さすがのサンドラも呆《あき》れを通り越して固まり見送ってしまった。

オリヴァがアイニにプレゼントしたという髪飾りは偶然にも、今日サンドラが身に付けている髪留めと同じような白い花をあしらった物だった。サンドラが付けているのは、白い花をいくつも重ねた立体的な髪留めで、小さいが本物のペリドットがいくつも埋め込まれている。下町で売っているような髪飾りとは格が違う。

（それを今、貶《おとし》められた……？）

サンドラはポケットに入れていた、エメラルドのブローチを見た。

「わたくしも考えなくては……いけないという事ね」

街への散策が王太子発案であるならば、セラフィーナから苦言を呈《てい》してもらうしかないと訴えたが、彼女は相も変わらず気にするそぶりもなく動かなかった。

「二日に一度のお茶会を取りやめにされた事はないから、その日は避けてくださっているのでしょう。それ以上、殿下に申し上げる事はありませんわ」

セラフィーナとエーリクが二日に一度も会っていたとは初めて知って驚く。自分の婚約者とは全く違うまめな婚約者に羨ましい思いも湧いてきたが、思い直す。二人は未来の王と王妃だ。婚約者の逢瀬《おうせ》などという甘やかなものではなく、学生の時分から話し合い共に学ぶ事が自分たちとは桁違《けたちが》いに多いのだろう。

「それでは、セラフィーナ様は義務さえ果たしていれば、殿下が外で何をなさろうと問題ないとおっしゃられるのですか？」

サンドラが口を開くよりも先に、別の令嬢が質問した。

サンドラは何を馬鹿な事をと思った。

「内容によります。殿下はわたくしに対し、婚約者の義務は怠《おこた》らず、王となるべく教育にも真《しん》摯《し》に取り組んでおられます。勤勉たるあの方に、それ以上何を求めよと言うのですか？」

やはりこのお二方は別格だ、とサンドラは感じた。サンドラから見てセラフィーナは賢く立派な淑女であるし、同時にエーリクも真面目《まじめ》で指導力に優れた紳士だ。二人とも真剣に国の事を考え学んでいる。

しかしその場にいる全員がそうは思わなかったようだ。

「それでは……殿下が側室を求められても、許可するという事ですか？」

続いた他の令嬢からの発言に、サンドラはギョッと目を剝《む》いた。

聖女見習いの言動に感化される者が増えてきたら、学園の風紀は乱れるし既にあちこちで婚約者同士の仲に亀裂《きれつ》が入り始めている。何よりも絶対女王であるセラフィーナが動かない事から、彼女を侮《あなど》る声がサンドラの耳にまで入ってくるようになったとは思っていたが、まさか本人に対してこのような失礼な質問をする者まで現れるとは思っていなかった。しかもセラフィーナのサロンに参加する事を許されている令嬢の中からだ。

教会との関係を深めるために、聖女を第二妃にしてはどうかなどという愚かな意見が出ている事は知っていた。その上ロマンス小説好きの令嬢たちが『小公女《しょうこうじょ》物語』なる読み物に感化されて「聖女と王太子こそが真実の愛なのでは」などとふざけた事を言い始めている。

冗談じゃない。あんな頭の中に綿でも詰まっているような女に、王妃など務まるものか。

今発言した令嬢はどちら派だと自然と鋭くなる視線を向けたが、セラフィーナは依然と落ち着き払った様子で扇《おうぎ》で口元を隠した。怒っているのではない、笑っているのだとサンドラには分かった。

「時と場合によります。ですが貴女、王が側室を娶《めと》るという事がどういう事か、もう一度勉強し直した方がよいのではなくて？」

そうだ、王族……しかも次期王になる事が内定している王太子が側室を娶るという事は貴族内の権力分布図を変える。物語はしょせん物語なのだ。

　言われている意味が分かっていない令嬢の顔をじっくりと覚える。これは父にも報告しなくてはいけない、と思っているとセラフィーナが続けた。

「わたくしとエーリク殿下の婚約は、王が決められた事です。これに対し、わたくしは貴族の義務として、それ相応の努力を重ねているつもりです。皆さまももう高等部の学生なのです。貴族の義務を今一度自覚し行動すべきですね」

　セラフィーナの言葉に、サンドラの頭に衝撃が走る。同時に胸がじんわり熱くなっていくのが分かる。

「貴族の……義務……」

　そうだ、セラフィーナとエーリクと同じく自分も国を支えるべき貴族なのだ。あんな小娘に構っている場合ではないし、馬鹿な婚約者を教育している場合でもない。自分の為《な》すべき事を、しなくては。

　セラフィーナが次期王妃として学園内を指揮するくらいの事はしていただかなくては、とばかり思っていたが、違う。彼女の指示がなくとも、サンドラが自ら動くべき事は沢山ある。

　その日家に帰って早速父にある報告をした。アルディーニ家は王室派でも教会派でもなく、中立の立場であったので父は難しい顔をしたがサンドラは引かなかった。

「エーリク殿下もセラフィーナ様も学ぶ姿勢を持ちつつ、新しい物を受け入れる度量もございます。お父様、これはビジネスチャンスですよ！」

現にサンドラは新興の子爵家としては異例なくらいセラフィーナに近い。これはサンドラが初等部からずっと学園内で様々な流行の発信をし続け、セラフィーナがそれに興味を示してくれたおかげだ。

「物語に夢見ている不敬な馬鹿共とそれに便乗《びんじょう》している教会派を叩き潰して王室に恩を売る好機ですわ！　王室に恩を売れば、販路の拡大もイケイケですわ、お父様！」

爛々《らんらん》と目を輝かせる娘に、一代で商売を広げた敏腕商人であるアルディーニ子爵もちょっと引き気味だったが、確かに時機を得ていると頷く。

「お前のような向こう見ずな奴《やつ》が手を出しても、事態を悪化させるとしか思えないよ」

そばで話を聞いていた長兄に口を挟《はさ》まれ、サンドラはむうと口をへの字に曲げる。

「そういうのを俺たちみたいな大した位のない立場の人間がやろうと思ったら、時間と労力がとんでもなく掛かるんだ」

「そうそう、根回しに次ぐ根回しだ。サンドラにそれが出来るとは思えないね」

次兄まで口を挟んできて、サンドラは睨むが、兄二人はほらそういう所と言わんばかりに鼻で笑っている。何か言い返そうとする前に、父が兄たちを窘《たしな》めてくれた。

「実際王太子とその婚約者を間近で見ているサンドラの意見は邪険《じゃけん》には出来ん。しかしサンドラ、サニーたちの言う事にも一理あるのは分かるな？」

父に諭《さと》され、自分が直情型である自覚のあるサンドラは渋々頷く。

「お前は広告塔としては優秀だが、裏工作などにはあまり向いておらん」

暗にこれまでの活動を誉《ほ》められて少し嬉しかったが、もうそれだけでは駄目な時期に入っているのだ。

「分かっています。だからこそ、わたくしも成長したく思います！」

サンドラの真剣な態度に、父と兄も程なく折れてくれて三人がかりで根回しの手法を教え込まれ、サンドラは翌日から早速行動を開始した。

その日の放課後。

「それに愛と言うのならば、わたくしはこの国を愛しております。王妃とは、国の母です。それ以上に、何が必要なのですか」

セラフィーナは、自ら乗り込んできた失礼な聖女見習いに対し、毅然《きぜん》と、高潔《こうけつ》に、清廉《せいれん》に、格の違いを見せつけた。

⁂

愚かな婚約者と王太子殿下と聖女見習いで街に出掛けた件について、サンドラがセラフィーナに訴えた際に言われた『貴族の義務』を曲解《きょっかい》して受け取った……いや、元から聖女派親教会派である令嬢が噂をばらまき、しかもそれに聖女見習い本人が引っかかり、あまつさえセラフィーナのサロンに直接乗り込んできた。

中庭の温室のサロンに挨拶もなしに飛び込んできた時は、さすがのサンドラも驚きすぎてすぐに動けなかったのだが、逆にいつも控えめなベルナルデッタが立ち上がって注意した。

「無礼ですよ、控えなさい！」

凛《りん》とした声で叱るベルナルデッタに、サンドラは新たな驚きで出遅れた。そうだ、いつも俯きがちで小声で喋《しゃべ》るベルナルデッタだが、そうやって背筋を伸ばして堂々としていれば、上級貴族の息女らしく見える。しかし聖女見習いにはその高貴さが伝わらなかったみたいで「学園内では身分は関係ないって聞きましたもんっ！」などと子供のような事を言っている。

その内、聖女見習いを追いかけて来たらしいエーリクとサンドラの馬鹿婚約者とメリカント令息を加えての茶会となった。

セラフィーナとエーリクはずっと穏やかだった。何一つやましい事などない、仲睦《なかむつ》まじい婚約者同士のやり取りに別テーブルに移った令嬢たちからの戸惑《とまど》いの空気を感じる。

セラフィーナが招き、エーリク殿下もいるテーブルであるし、サンドラも昨日散々父兄に注意された事もあり大人しくしておこうと自分に言い聞かせたが、高級なお茶を淹《い》れてもらっておきながら説明も聞かずに味の文句を言う聖女見習いに思わず口が出た。

「他人《ひと》の話を聞かない人ですね。ミルクも蜂蜜《はちみつ》も用意してあるのに、まるで被害者のようなお顔をなさって」

侯爵令嬢であり王太子の婚約者であるセラフィーナが用意した最高級のお茶だ。癖はあるが味わい深いもので、飲みやすい方法もわざわざ言ってくれている。それに文句を言うなど、お茶会のマナーとして最低だし、何よりも不敬だ。思わずため息が出るが、自分の婚約者に憎々し気に睨まれて言われた。おまけにベルナルデッタの弟にまで冷たい視線を向けられる。

「そうやって人を非難する事は、品がない事にはならないのですか？」

ベルナルデッタと同じ綺麗な銀髪でまだ少年の域を脱していないサウリにも睨まれたところで、サンドラには怖くも何ともない。こちとら隣の大柄な婚約者や商談相手と何度も睨み合ってきたのだ。

「お茶会のルールを教えてさし上げているだけでしょう？　お茶の飲み方も知らず、味に文句をつけるなど、主催者のセラフィーナ様への侮辱《ぶじょく》となる事もお分かりにならないようなので」

フッと明らかにバカにした笑みを浮かべてやると悔《くや》し気にしたが、さすがにこれ以上不敬を重ねる気はないらしく黙った。その様子を見て胸のすく思いがしたと同時に、昨夜の話し合いを思い出し反省した。

（……こういう所が、いけないのでしたわ）

ふ、とエメラルドグリーンの海と穏やかな茶色の瞳が思い浮かんだ。

『サンドラ様はいつだって公平で気高くあられるだけです』

（そんな事を言うのは、あなただけですわ）

思い出した穏やかな記憶と甘えを振り払い、サンドラは小さく深呼吸をして改めて茶会に視線を戻した。

変わらずアイニに甲斐《かい》甲斐《がい》しく世話を焼くサウリに、姉のベルナルデッタは困ったような顔でソワソワしている。また文句を言っているので注意したいが出来ないでいるのだろう。さきほどの高貴さは幻だったのかと思ったが、違う。ベルナルデッタもまた、サンドラと同じように成長しようとしているのかもしれない。そう思うと、いつも感じていたベルナルデッタへの苛立《いらだ》ちが収まった。

　一方でセラフィーナの方は変わらぬ完璧な笑顔でアイニに訪問理由を言うよう促《うなが》した。

「まずはアイニさんが話したかった事を聞きましょうか。あったのでしょう？　お話が」

「あっ、そうです。あの、セラフィーナ様はエーリク様との婚約を、義務だって言っていたって聞きましたけど、本当ですか？」

　貴族の義務だと言ったのは、国が決めた婚約に従い国を発展させる事に務める事だ。昨日何度もセラフィーナにエーリクが側室を持ってもいいのかなどというくだらない質問をしていた令嬢の方をチラリと見ると、青い顔をしてアイニを見て口を開いていた。アイニの行動は予想外だったのだろうか。だがセラフィーナは曲解されているだろう質問に反論する事なく頷いた。

「ええ、本当です」

「そんな、ひどいです！　エーリク様がかわいそうです！」

　芝居がかった様子で訴えるアイニに、セラフィーナは小さく首を傾《かし》げ、正面のエーリクを見た。

「だそうですが、可哀想なんですの？」

「いいや？」

　質問に何でもない風にエーリクが答える。当然だ、セラフィーナ以上の婚約者候補などいるはずがない。だと言うのに、恥知らずな部外者であるアイニが涙目であろう事か王太子の手を、それも婚約者であるセラフィーナの前で握った。

「無理しないでください、エーリク様！　いくら王子様だからって、政略結婚で義務だけの関係なんて、辛いに決まっています！　貴族なんだから、政略結婚は仕方ないと……私も分かっています。でもセラフィーナ様には愛がなさすぎます！」

（この……綿頭《わたあたま》!!）

「あなた……っ！　いい加減になさい！　誰の手を握っているのですか!!」

　いくら聖女が上級貴族で同等の地位になると言えど、相手は王太子だ。不敬にも程がある。何よりも淑女として恥ずべき行為だ。サンドラは怒りに顔を赤らめながらもつい乱暴に立ち上がってアイニを糾弾《きゅうだん》したが、アイニはエーリクの手を離す事もなく言い返してきた。

「目の前で婚約者の手を握られても、表情一つ変えない冷たい婚約者の方が問題なんじゃありませんか？」

　まるで挑むようにセラフィーナを強い目で見るアイニに、サンドラは怒りのあまり体が震えだした。あれだけ、何度も何度も、婚約者のいる男性にむやみに触れるなと注意したというのに、何も聞いていないではないか。その頭の中にあるのはやはり綿なのか。

（いけない……ここでわたくしが事を荒立てたら、セラフィーナ様のご迷惑になりますわ）

　サンドラが熱心なセラフィーナ派である事は周知の事実なので、ここでもし乱闘にでもなろうものならサンドラ自身だけではなく、セラフィーナの評判まで落とす事になる。サンドラはぐっと扇を握る手に力を入れ感情を落ち着けようとした。その時。

「ふふ……」

落ち着きのある女性の笑い声が漏れた。

セラフィーナだ。

サンドラも周囲も驚いてセラフィーナに視線が集まる。

「何を他人事みたいに笑ってるんですか！　少しでも愛していたら嫉妬《しっと》とかするはずです！」

一方のアイニは軽視されたと感じたのか感情的になった。しかしセラフィーナの態度は変わらない。いつも通り、落ち着いていて、気品があるまま。

「どうしてわたくしが、殿下が少し興味を持っただけの、ちょっと毛色の違う子犬に、嫉妬しなければなりませんの？」

最初から、相手になどしていなかったのだ。

セラフィーナが見据えているのはこの国の未来。そしてそれは王太子であるエーリクも同じだった。

学園のロマンスとも、派閥争いとも違う次元にいたのだ。

きっぱりと甘えた聖女の訴えを圧《お》し潰し、エーリクとの良好な関係も見せつけたセラフィーナに学園内の誰も反発する事はなかった。正統な未来の王妃に否《いな》を唱《とな》えられる者などいる訳がない。

そしてサンドラも、感銘《かんめい》を受けていた。

「何て……何て高潔なるお方なのでしょう……！」

元からセラフィーナの王妃としての素質は認めていたし尊敬もしていたが、彼女はその更に上をいく存在であった。

エーリクと共に、聖女見習いを同じ舞台に立っているとも感じていなかったセラフィーナは、その後アイニの勘違いも改めて正し、二人は信頼という形で固く結ばれている事を示し、未来の王と王妃の器を見せつけた。

アイニはエーリクに恋愛面で視界にも入れてもらえていなかった事と、学園内にも身分差がある事にひどく落ち込んでオルヴァとサウリに連れられ去って行った。当然だ。そもそも上級貴族にも階級がある上に、王族は更に上なのは当たり前の話だ。大体上級貴族と同等になれると言っても、サンドラから見てアイニはその品位も自覚も足りていない。恩恵だけ受けようなどと甘えた考えは早めに正しておかねばならないから、今回の事はいい薬になっただろう。これでも直らないのであれば、もうサンドラも見限るつもりだ。サンドラだっていつまでも落ちこぼれの指導をしていられない。これから卒業までにやる事は沢山ある。

同じく聖女の突撃を受けたベルナルデッタと共に温室を去りながら、サンドラは綺麗に磨かれた爪を握り込んで宣言した。

「ベルナルデッタ様……わたくし決めましたわ！」

「え？　えぇと……決めたとは、何をでしょう？」

いつもサンドラがきつい言葉で諌《いさ》めてばかりいるせいか、ベルナルデッタは若干《じゃっかん》及び腰になりながらも聞き返してきた。

「わたくしは生涯この国に、セラフィーナ様にお仕えします！　あの方にお仕えする事こそ、この国に貴族として生まれたわたくしの責務ですわ！」

いつも艶《つや》やかな髪に、美しく着飾ったサンドラだったが、ベルナルデッタには彼女がこの時今までで一番輝いて見えた。

＊＊＊

「どういう事だサンドラ!!」

数日後の放課後、突然中庭のサロンに怒鳴り込んできた大男……オルヴァにお茶会中の令嬢たちが小さく悲鳴を上げたが、主催のセラフィーナと当のサンドラは微動《びどう》だにしなかった。

サンドラはセラフィーナにオルヴァの不敬を謝罪した後、彼の前に進み出る。

「何ですの、騒々しい。無作法が過ぎますわ」

「何って……婚約解消の件についてに決まってるだろうが！」

オルヴァの言った『婚約解消』という言葉に、お茶会に参加していた令嬢たちがざわつく。

「ああ、ようやくオルヴァ様のお耳に届きましたか。うちの両親とマケライネン子爵夫妻にはきちんと了承をいただいております。あとは貴方《あなた》のサインだけですので、よろしくお願いしますわね」

ニコリと何の未練もなく言い切るサンドラに、オルヴァが信じられないものでも見るような目で見る。

「どうして……」

「どうして？　自らの行いを振り返って、何も思い当たる節はございませんの？」

何ておめでたい頭でしょうと笑うサンドラに、オルヴァは歯を食いしばる。

「あ……アイニの事なら、俺は騎士としてだな…………」

「本当に、おめでたいですわね……。わたくし、ジェラルド様にプロポーズされましたの」

「な!?」

ティルゲル伯爵夫人のガーデンパーティの帰りだ。まだ十四歳のジェラルドは、幼さの残る顔立ちに真剣な色をのせてサンドラへプロポーズしてきた。

「アイツ……っ！　兄の婚約者にプロポーズなんて何を考えてるんだ！」

「聖女見習いに夢中になってわたくしをないがしろにしているのが、見ていられなかったそうですわ」

「ぐ、そ、そんな事言って、本当の狙いはうちの家督《かとく》に違いない！」

「そうですわね」

自分で言っておきながら、同意するサンドラに不可解な顔をするオルヴァを見て、サンドラは口元を隠して微笑する。今日の扇は銀縁にエメラルドをあしらった物だ。ジェラルドからの贈り物である。

「兄が婚約者に不誠実な様子を見て、そこに付け込めるとお考えになったのでしょう。実に聡明でいらっしゃるわ」

サンドラは、恋に憧《あこが》れる小娘ではない。

立場的にも政略結婚をしなければならない事は覚悟しているし、相手もサンドラとの結婚に利益を求めている事も分かっている。ジェラルドはサンドラに愛を囁《ささや》いたが、その全てを信じてもいない。

「現状を正確に把握《はあく》し、好機を逃さず行動力もあって素晴らしいですわ」

十四歳にして素晴らしい政治力だ。自領の領地の事も勉強しているし、ガーデンパーティのためにティルゲル伯爵夫人の初期作を手に入れる手腕もある。

「な……!?　お前はそれでいいのか!?　そんな愛のない相手……」

「わたくしとオルヴァ様の間に、愛などあったのですの？」

「!!」

何か言いかけた口のまま固まるオルヴァを見ても、何も感じない。

「婚約者としての義務も果たさず、誉め言葉の一つも言えず、他の女にうつつを抜かすような将来に不安のある婚約者よりも、条件のよい方を選ぶのは当然ですわ」

会う度にサンドラの装いを誉めるどころか派手だの何だの文句をつけ、聖女見習いを誉め称《たた》える。遅刻は当たり前、約束はすっぽかす。それを責めれば、男には色々あるだの言って開き直る。果てはサンドラの言い方が悪いと責任転嫁《せきにんてんか》をする。

「流行を作るのは貴族の女性としての務めだというのに、それをちっとも理解しようとせずにご自分のご都合ばかり仰《おつしや》る貴方に、わたくしもいい加減愛想が尽きましたわ」

サンドラの生家アルディーニ家は服飾、装飾品を多く取り扱っている。貴族令嬢の集まるこの学園で、サンドラは大事な広告塔であり、同じように情報集めにも従事していた。オルヴァが嫌悪した『装飾品の話ばかりのお茶会』がそれだ。

もちろん着飾る事は貴族令嬢としての嗜《たしな》みであるし、サンドラも純粋に着飾るのが好きだ。だからこそ、それらを否定され続けるのにも我慢の限界があった。

「マケライネン家の相続に関しましては、まだ決定ではございませんので、そちらで話し合って下さいませ」

サンドラと結婚する方が継ぐ訳ではないので、そこは家族間で話し合えばいい。ジェラルドは家督が継げなくてもいいと言っていたが、どこまでが本当かは分からないのでサンドラは関わらない事にした。

「わたくしは生涯お仕えするお方をもう決めましたの。オルヴァ様も、生涯を捧げる方が早く見つかればよろしいですわね」

いっそすがすがしいまでに、サンドラは輝かしい笑顔で力なく項垂《うなだ》れるオルヴァを追い返した。

三　宰相息女　ベルナルデッタ・メリカントの場合

　ベルナルデッタ・メリカントは、幼い頃から不思議だった。

「こちらがミッコラ男爵家《だんしやくけ》のアイニ嬢だ。今日からこの屋敷で暮らすから、学園に必要な礼《れい》儀《ぎ》作法などをベルナルデッタ、お前が教えるように」

　王立学園高等部の三年になる頃、この国の宰相《さいしよう》である父が一人の少女を連れてきた。『光魔法』に目覚めた地方貴族の子だとかで、半年後に学園へ編入し、卒業後は聖女として大聖堂に入る事が決まっているらしい。

「アイニです！　よろしくお願いします！」

　ピンクブロンドのふわふわとした髪をした、可愛《かわい》らしい少女は笑顔でそう言うと、ぺこりと頭を下げた。まるで使用人のような挨拶《あいさつ》の仕方に、そういう事かとベルナルデッタは幾何《いくばく》かの既視感を感じながらも、頷《うなず》いた。

「メリカント家長女のベルナルデッタと申します。これからよろしくお願いします」

　メリカント家は新興の侯爵家《こうしやくけ》であり、父は現宰相を務めている。ベルナルデッタはこの家の長女として生まれ、侯爵家の娘にふさわしい教育を受けてきた。

だが、五歳の時に実母が亡くなり、程なくして父は新しい妻を娶《めと》った。——三歳になる息子《むすこ》と共に。

連れ子、ではなく、侯爵の実子だとやって来たのが、サウリだ。メリカント家特有の青みがかった銀髪に、晴れた日の空の色のような青い瞳は、誰もが納得のいく容姿であった。ベルナルデッタの母親譲りのストロベリーピンクとは違う、メリカント家の色だ。

実際母が生きていた頃から、父は外に愛人を囲っているという話はあったらしく、サウリ親子は何の軋轢《あつれき》もなく受け入れられた。彼ら母子に否《いな》を言えるべき存在は、ベルナルデッタだけだったが、ベルナルデッタは口下手《くちべた》で聞き分けもよく口数の少ない子供だったので特に反発もせず受け入れた。

サウリがやって来た時も、アイニと同じように父はベルナルデッタに「面倒を見るように」と言った。ベルナルデッタは、言われた通りサウリの世話したが、その都度後妻が出てきて、サウリを苛《いじ》めていると言われ、だんだんとサウリとの交流も減り、新しい女主人と後継者におもねるように使用人たちもベルナルデッタには最低限の世話しかしなくなった。

ベルナルデッタは幼《おさな》い頃から本を読むのが好きで、人と話すのは苦手であった。その自覚もあるので、使用人や新しい母との会話には嚙《か》み合わない所が多く、交流が減っていったのも仕方ないと分かっていた。

「これは一体どういう事なんですの？　前にも注意いたしましたわよね、貴女《あなた》の監督不行き届きではなくて？　ベルナルデッタ様」

学園の中庭にある温室のサロンで、アルディーニ子爵家《ししゃくけ》のサンドラがアーモンド形に吊《つ》りあげた目でこちらを睨《にら》む。あまりに強い視線を受け止めきれず、ベルナルデッタは自らの膝《ひざ》の上の手に視線を向け謝罪した。

サンドラ・アルディーニという人はこのように、誰にでも構わずいつでも言いたい事を堂々と言う令嬢だ。家の格式的にはベルナルデッタの侯爵家よりも下であるが、ここは正式な社交場という訳ではないので問題はない。それにアルディーニ家と言えば貿易に始まり服飾、装飾と手広く商売を成功させている裕福な家で発言権も強い。

サンドラ自身もいつも美しく着飾っており、身に付けている物は一流な上に流行の物ばかりだ。流行に疎《うと》いベルナルデッタは、いつもサンドラを見て「今はこういう物が流行《はや》っているのか」と密《ひそ》かに学習していた。

そのサンドラが何を怒っているのかと言うと、ベルナルデッタの家で預かっている聖女見習い、アイニの事だ。

アイニは半年間の教育期間を経て、ようやくこの王立学園へ編入して数か月が経《た》った。しかし編入直後から何かと問題を起こしており、その事で教育係であったベルナルデッタが責められているのだ。

実際父からも頼まれ、ベルナルデッタも請《う》け負《お》ったのだから、不出来は責められるべきだとは分かっている。でも無理なのだ。

「そうベルナルデッタ嬢ばかり責めるのではありませんよ。彼女も努力はしているようですから」

サロンの主催者であり王太子《おうたいし》の婚約者であるセラフィーナが静かな落ち着いた声で取りなしてくれたが、相手が次期王妃であろうと引かないのがサンドラだ。

「努力をしていても、結果が伴《ともな》わなければ何の意味もございませんわ」

それに対して、かばってくれたと思ったセラフィーナも「そうね」と同意した。

二人の言う事は最もだ。

実際セラフィーナは次期王妃となるべく、王妃教育の他に学園内の女子生徒の取りまとめも行っているし、サンドラも生家の商品を身に付け令嬢たちへの宣伝を欠かさない。

（私は……何も為《な》す事が出来ない………）

家の派閥《はばつ》が違うと理解しながらもセラフィーナのサロンに参加しておきながら、ベルナルデッタはセラフィーナのためになる事も何も出来ず、周囲の令嬢からも気を遣《つか》われるだけで浮いている。大体が叱責《しっせき》だが、こだわりなく話しかけてくれるのはサンドラくらいのものだ。それでもベルナルデッタはこのサロンを抜ける事はしたくなかった。対等に話せる貴重な人物から離れたくなかったのだ。

アイニへの不満を言い合う令嬢たちのお茶会が終わり、ベルナルデッタは疲れた心を癒《い》やすため、図書館へ向かった。

王立学園の図書館は、国の未来を背負う学生たちのためにありとあらゆる本が集められていて、その蔵書量は近隣諸国へも誇れるほどだ。そこでようやく一人になり、本とだけ向き合えるとホッとしたベルナルデッタへ声を掛ける者がいた。

「メリカント嬢、こんにちは」

高い位置にある窓から入る西日をスポットライトのようにして現れたのは、隣国からの留学生で同じ三年であるリュシアン・バルリエ。

落ち着いた栗色の髪に穏やかそうなヘーゼルアイ。隣国の公爵《こうしやく》家《け》の三男だとかで、見聞《けんぶん》を広める目的で高等部二年の時からこの学園に通っている。ベルナルデッタが普通に話せる、数少ない人物でもある。

「バルリエ公子《こうし》」

スカートをつまんで挨拶すると、学園内だからいいよと笑われた。気さくな人なのだ。

「何だか疲れている様子だけど、大丈夫ですか？」

「ああ……いえ、お恥ずかしいです」

普段から自分でも暗いとは思うが、それ以上となるとよほどひどい雰囲気《ふんいき》をまとっていたのだろう。空気を悪くして申し訳なく思う。

「差し支えなければ少し話しませんか？　本は借りる事にして」

「え、あの……」

「ちょうど息抜きがしたかったんです。付き合ってやってください」

少し強引だが、こうでも言わないとベルナルデッタが動かないのを知っているのであろうリュシアンに図書館のテラスへ連れ出される。中庭とは違う景色と夕方のひんやりとした空気に戸惑《とまど》っている内に、椅子を引かれ座らざるを得なくなってしまった。

「メリカント嬢のため息の原因は、例の聖女見習いですか？」

単刀直入《たんとうちょくにゅう》に訊《たず》ねられ、思わずビクリと肩が震えてしまった。いけない、いつ何時も冷静に対処しなければならないのに。

しかしリュシアンはそれを気にした風もなく話を続ける。

「実はね、私も最近よく彼女に話しかけられるのですよ」

「!?　それは何て……失礼を……！」

慌《あわ》てて謝るベルナルデッタに、リュシアンは軽く笑って手を振った。

「いえ、そんな深刻なものじゃなくてね、私が留学生だと知ると私の国の話をしてくれとねだられるくらいです」

「十分だと思いますが……」

隣国の公子相手に無礼を働いたとなれば、下手をすれば国際問題にもなりかねない。

そもそもアイニはこの国の歴史や時事にすら詳しいとは言えないのに、他の国の事に目を向ける暇《ひま》などないはずなのだ。

「いやぁ、なかなか新鮮ですよ」

きっとエーリクやサウリにするように、親し気に接しているのだろう。頭が痛い。

「彼女はもう学園に通っているのだから、そこまでメリカント嬢が気負う必要はないのでは？学年も違いますし、学内で会うのは難しいでしょう？」

リュシアンの言うのは最もなのだが、基礎の基礎で躓《つまず》いているのでやはりベルナルデッタの責任は重い。サンドラの言う通りだ。

「いえ……学園に入る前に、私が身に付けさせておかなければならない事なのですから、やはり私の責任なのです」

だが家ではサウリにべったりで、注意をしようにも邪魔《じゃま》が入ってなかなか出来ない。学内でも同じ学年のサウリが大体一緒にいるし、最近では王太子殿下《でんか》までそばにいる事があるので、なかなかその輪に入っていく勇気が持てない。ベルナルデッタ的には八方塞《はっぽうふさ》がりというのが、今の状況だ。

「しかしおかしいですね。メリカント嬢は礼儀作法も礼節も完璧《かんぺき》じゃないですか。半年もあったのなら、貴女ほどは無理でも、もう少し見られるようには出来たんじゃないですか？」

嫌みではなく、リュシアンには純粋な疑問であるのが分かるので、ベルナルデッタはますます困ってしまう。

教育期間である半年間、光魔法と勉強の時間もあったので、ベルナルデッタが担当する礼儀作法と貴族の礼節を教える時間はそう長くは取れなかった。

だが、それでも十分なスケジュールを組んだつもりだった。

だからつい、口から出てしまった。

「どうしてそんな事も、出来ないのです？」

ベルナルデッタは、幼い頃から人と話すと不思議な感じがする事があった。

それが〝違和感〟というものである事が分かり、その理由も徐々に理解していった。と言っても、それを理解するまでに、何度も失敗を繰り返した。

五歳の時に出来た弟に、色々教えてやってくれと言われたので、ベルナルデッタは自分が三歳の時に気に入っていた本を読んで聞かせてみたら弟は泣きじゃくり、新しい母が出てきて「何て嫌みな子なの！」とベルナルデッタを罵《ののし》った。その後も何度か試みたが、サウリはベルナルデッタの言葉に目を白黒させるだけで、そのうちベルナルデッタを見るだけで顔を顰《しか》めるようになった。

ベルナルデッタには幼少期に婚約者がいた。

爵位《しゃくい》は下になるが歴史のある伯爵家《はくしゃくけ》の次男で、三つ年上の彼と会わされたのは七歳の時だ。

王室派ではなく親教会派である父の意向で決められた婚約者は、明るい金髪のメガネを掛けた賢そうな少年だった。既《すで》に初等部に通っているという年上の婚約者が羨《うらや》ましく、学園でどんな事を教わるのか沢山質問をした。最初は得意気に答えてくれた婚約者だったが、質問を重ねるうちに口籠《くちご》もるようになり、だんだんと顔色を失くしていった。結局、ひと月も経たずしてあちらから破談の申し入れがあった。後半はもう婚約者は殆《ほとん》ど喋《しゃべ》らなくなっていた。

その頃になって、ベルナルデッタは理解した。

他者との会話の違和感の正体に。

なぜ皆、答えが分かりきった事を分からないように話しているのか。

なぜ同世代の子供は一度言われた事を理解できないのか。

なぜ新人の使用人は、一度で物を覚えられないのか。

なぜ既に学園に通っている年上の婚約者がベルナルデッタの質問に答えられないのか。

ベルナルデッタは、非常に聡明《そうめい》であった。

故に、自らが異質である事を悟った。

ベルナルデッタは、一度読めば大体の本の内容は理解出来たし、家庭教師の先生からの指摘も一度で実践《じっせん》出来た。貴族としての立《た》ち居《い》振舞《ふるま》いも物心ついた頃には身に付いていたし、文字も計算もすぐに覚えたし、政治経済の話にも興味があった。


聡明だったベルナルデッタは、他者へそれを指摘する事が不快感を与える事も分かった。と言っても、すでにその時点で弟にも継母にも婚約者だった者にも悪印象を与えた後だったのだ。

それでも聡明なベルナルデッタは、分かりきった話にも相槌《あいづち》を打ってみたり、一度で覚えられない相手に対して同じように振舞う努力をした。

たまに父親が夜に書斎で仕事をしている時、少しだけ仕事の話などをしてくれた。

その時だけは、そういった制限をしなくてもいいのでベルナルデッタにとっては至福の時間と言えた。

しかしそれも長くは続かなかった。

「今日からは、ベルナルデッタは書斎に出入りしないように」

ある日父はサウリへ後継者教育を施《ほどこ》すと言い、その日から父親との夜のひと時はサウリのものになった。

「お前はいずれ他家に嫁ぐのだから、政治の話ばかりに興味を持たずに、夫を立て家を継ぐ弟を立てるように振舞いなさい」

その日から、ベルナルデッタの話を理解してくれる者はいなくなった。

それでも勉強する事、知識を吸収する事はベルナルデッタにとっては喜びであったので、それからはこっそりと勉強するようにし、学園での試験も中の上くらいの順位を狙うようにした。そうやって自制してきたベルナルデッタだったが、だからと言って家での待遇《たいぐう》がよくなるわけではなかった。

サウリが学園へ入学してからは、試験でいい成績を取るたびに継母は過去の鬱憤《うつぷん》を晴らすかのようにベルナルデッタを叱ったし、サウリも小さい頃の記憶は薄れたようで「姉上ももっと頑張ってください」などと言う始末だった。それに困ったような笑顔を張り付け、ごめんなさいと言うのがベルナルデッタの家での役割だ。優秀な跡継ぎの弟と、冴《さ》えない姉。ベルナルデッタ以外の家の者が望む理想の形を崩さぬように努めた。

家では終始その状態なので、学園内でまで無為《むい》な会話をする気になれず、ベルナルデッタの口数は減り、同級生たちとの交流も減ったのでなかなか新しい婚約者候補を紹介されてもお断りされる事になり、それでまた父に責められた。

陰鬱《いんうつ》とした学園生活に光が差したのは、一年年下のセラフィーナの存在だった。

　初等部入学時には既に第一王子の婚約者（当時はまだ王太子に決まっていなかった）だった彼女は、図書館にこもりがちなベルナルデッタに話しかけてくれた。

　ベルナルデッタは同世代でようやくまともな会話が出来る相手に出会った。彼女にとって正しく、運命の出会いであった。

　セラフィーナは聡明であった。

　知識量ではベルナルデッタに劣るものの、頭の回転が早く、すぐに吸収し柔軟に対応する力に長《た》けていた。

　メリカント家はセラフィーナのパーシヴァルタ家とは派閥が違う事は知っていたが、ベルナルデッタはセラフィーナが主催するサロンに参加するようになった。父に咎《とが》められても、周囲に噂《うわさ》されても、これだけは従わなかった。

　その際に第一王子であるエーリクとも話すようになり、サンドラも紹介された。エーリクもセラフィーナと同じく、会話が成り立つ人だった。サンドラは知識に偏《かたよ》りがあるものの、生家が貿易業のため経済に強く、また新しい情報を積極的に取り込み、逆にベルナルデッタが疎いような知識を持っていた。

　更に高等部の二年目には、隣国からの留学生であるリュシアンとも知り合い、実際に現地に住んでいないと分からない他国の知識も得られる上に、彼の話は非常に面白かった。

　世の中には、ベルナルデッタと対等に話が出来る人はこんなにもいた。

もちろん、そうでない人が大勢いる事も分かっていた。分かってはいたが、ベルナルデッタは油断してしまっていた。

三学年に上がり、学園では話の合う学友と楽しく過ごせていたベルナルデッタの元に、アイニがやってきて、教育係をするように言われた。家庭教師は別に付き、礼儀作法の基本はベルナルデッタが受け持つ事となった。同世代で同じ学園に通うのだから、というのが理由だ。

その日もベルナルデッタはアイニに対し簡単な作法を教えていた。

男爵家で使用人のような扱いを受けていたアイニではあったが、認知はされていていずれ政略結婚に使われる予定だったようで、最低限の礼儀作法と勉強は教わっていた。なので、初等部後半あたりの知識から学ばせようとしていた。

「違います、アイニさん。その場その場ではなく、全体の流れを記憶してから次にどうすればいいかを考えると覚えやすいですよ」

「そんな事言っても、覚えなきゃならない事が多すぎてパニックですよぉ」

「姉上、そんな詰め込み学習じゃ覚えられないですよ」

同じ年という事でやたらとアイニと仲良くなったらしいサウリも、なぜか最近勉強に同席するようになった。と言っても、こうやってアイニを甘やかすような茶々ばかり入れてきて、勉強がその都度止まってしまうので本当は退席してほしいというのがベルナルデッタの本心だ。

「そうですよ、こんな同じような名前の貴族の名前を紙で見るだけじゃ覚えきれません」

「でもそれは学園内に在籍している方のお家だけに絞っていますから、必ず覚えてないと困りますよ」

「ベルさんは全部覚えているんですか？」

「はい」

「と言っても、姉上は初等部の頃から徐々にじゃないか。アイニにこの期間で全て覚えろって言うのとは違うだろ」

「そうですけど、ひと月もあれば覚えられませんか？」

その程度の貴族一覧はベルナルデッタであれば一晩で覚えられるが、普通はひと月くらい掛かる事は分かっている。そう思って余裕を持って学習計画を組んだのに、全く予定通りにいかずベルナルデッタは戸惑っていた。

「僕はこの間の試験でも学年上位だけど、姉上だって別に学園の成績がいいわけじゃないじゃないか。自分に出来ない事を人に押し付けるなよ」

「え、そうなんですか？　ベルさんってば成績いいんだと思ってました」

　意外～と言うアイニの言葉に特に反論する気は起きなかった。たとえベルナルデッタの学園での成績が悪かろうが、アイニよりは知っているし、アイニの教育係をしろと侯爵から仰《おお》せつかっているのだ。

　だがアイニは窓の外に視線を向けて言う。

「こんな紙の上の文字だけで見たって全然頭に入んないです。ねぇ、外に行って実地で勉強しましょうよ！　こっちに来て全然出掛けてないもの」

「いいね、それ。アイニは目で見て体験した方が覚えられるタイプっぽいし」

サウリに同意され、アイニはすっかりその気で立ち上がる。

「え……基礎も出来ていないのに、外に行っても何を得られるというのですか……？」

どこに何しに行く気なのか知らないが、今のアイニの作法と知識では今他の貴族に会わせるのはまずい。そのための半年間の勉強期間のはずだ。

だがサウリは振り返って父によく似た青い目をすがめてベルナルデッタを見た。

「それ。姉上よくそういう上から目線の言い方多いですよ。大して頭もよくないのに、そういうのどうかと思いますよ、本当に」

なぜ分からない。聖女として、ゆくゆくは大聖堂の上位職に就く者が、今の田舎者《いなかもの》丸出しの言動で街へ出ても恥をかくだけだと。そういった汚点は、いずれ誰かが蒸し返して将来の自分の足を引っ張るのに。大体外に出ても何かを学べるほど基礎知識がないだろうに。半年もあれば余裕のはずの学習計画が全然進んでいない有様《ありさま》で、この先どうするつもりなのだ。

ベルナルデッタが次から次へと出てくる疑問を喉元《のどもと》で食い止めているとも知らず、アイニは可愛らしい顔でニコリと笑って最初にベルナルデッタが教えた貴族の礼をして見せた。

「大丈夫ですよ、ベルさん！　こうでしょう？」

だからつい、口から出てしまった。

「どうしてそんな事も、出来ないのです？」

⁂

「私はアイニさんには避けられていますし、私もアイニさんとは何を話したらいいか分からないのです……。全て私の不徳《ふとく》の致《いた》すところなのです、申し訳ございません」

過去のあの出来事から、サウリはますますベルナルデッタを蔑《さげす》むような態度を取るようになり、アイニはサウリにべったりになりベルナルデッタの授業をたびたびすっぽかし、ベルナルデッタは父である侯爵からお叱りを受けた。肝心《かんじん》の生徒が逃げ、それを身内が手助けするのだからベルナルデッタにはどうする事も出来なかった。

それでも学園に編入すれば周囲の方々に感化され、少しはまともになるかと思っていたら、まさかの周囲がアイニに感化されるという結果に頭を抱えたくなった。

サンドラに叱責され、セラフィーナにも呆《あき》れられている。このままではいけないとは思っているのだが、ベルナルデッタは自分より知能が劣る相手に指導する事がどうしても出来なかった。その上、他国の公子にまで迷惑を掛けているとあっては、自分の不甲斐《ふがい》なさに穴を掘って埋まりたいくらい落ち込むベルナルデッタに、リュシオンが優しい声を掛けた。

「貴女はいつも、そうやって聖女見習いや家の事で思い悩んでいますけれど、私は気にしなくていいと思いますよ」

「え……でも……」

他家に嫁いで夫を立て、家を継ぐ弟を立て、聖女見習いの教育の手助けをする事。

それがメリカント家の長女として生まれたベルナルデッタの責務だ。

「貴女ほど聡明な方を私は知りません。今日だって、その本は私の国の言語で書かれた学術書なのに貴女は難なく読めるでしょう？」

先ほど借りたばかりの本を指差され、ベルナルデッタは戸惑う。隣国の言葉くらい習得するのは当然の事だ。

「貴女は、家のためや聖女見習いのために消費されるべき人材ではないんです」

そう言うと、リュシアンは突然、ベルナルデッタの前に膝を突いた。

隣国の公子相手とあって、ベルナルデッタは戸惑い席を立とうとするが、その手はリュシアンによって捉《とら》えられる。

「学園を卒業後、私と一緒に国へ来てくださいませんか？」

「！」

それがプロポーズを意味する言葉である事を、ベルナルデッタは即座に理解した。

「貴女は、聡明で気品溢《あふ》れる淑《しと》やかな女性です。返事は、急ぎません。貴女が貴女のままでいられる場所を私に作らせてください」

「バ、バルリエ公子……」

「どうかリュシアンと……ベルナルデッタ嬢」

真摯《しんし》な表情で名前を呼び、リュシアンはベルナルデッタの手の甲に口づける仕草をした。

（きゅ、きゅ求婚されてしまいました！）

あの後、どうやって屋敷まで戻ったか定かではないベルナルデッタは、普段は絶対にしないのだが制服のままベッドへ倒れ込んだ。

（求婚……私が求婚され…………!?）

しかも相手は隣国の公子であるリュシアンだ。

長身で穏やかで優しくて、何よりもベルナルデッタと対等な話が出来る貴重な相手だ。

相手が隣国の公爵家ともなれば、三男と言えど隣国との国交を強固なものにしたい父は、おそらく諸手《もろて》を挙げて歓迎するだろう。何の問題もない。むしろ理想の相手だ。

なのにどうしてなのか。

どうしてベルナルデッタの心は晴れないのだろう。

リュシアンは優しいし知的で、ベルナルデッタに勉強などせずに夫を立てろとも言わないだろう。

隣国の文化には興味があるし、言葉も問題ない。

何よりもこんな自分に好意を持ってくれ、求めてくれているのだ。

答えが出ないまま、ベルナルデッタはのろのろとベッドから起き上がり、制服から室内着に着替えた。

廊下に出ると、ちょうど帰宅してきたらしい父と鉢《はち》合《あ》わせた。

「おかえりなさいませ、お父様」

「ああ」

父は短く返事をしただけで、ベルナルデッタとすれ違う。

その父の後を追うように、サウリが走ってきた。

「父上！　今夜はピナルディ地方のお話を聞かせてくださるんですよね？」

「ああ、夕食後に書斎に来なさい」

（ピナルディ地方……）

二人の会話をそれとなく聞いていたら、やっとベルナルデッタの存在に気付いたと言わんばかりにサウリが「いたんですか」と振り返った。

「姉上も今年卒業なのに、早く婚約者を捕まえてくださいよ。行き遅れの姉にずっと家にいられるのは迷惑ですよ」

そのままさっさと背を向けて去って行くサウリの言う通りだ。侯爵家の娘でありながら、十八にもなって婚約者の一人もいないなんて一族の恥だ。弟の背中を眺めながらベルナルデッタは思う。

それもこれも、リュシアンの手を取れば解決する。するのに………。

⁂

あれから数日経ち、学園内はアイニとエーリク殿下のよすぎる仲の噂で持ち切りだ。前からそういう話は多かったが、エーリクの婚約者であるセラフィーナが特に行動を起こさない事でますます増長《ぞうちょう》しているようだ。

その事がサンドラなんかは歯痒《はがゆ》くてたまらないらしいが、ベルナルデッタは気にならなかった。

聖女とは一生を大聖堂で神に祈りを捧げる職だ。

光魔法の後継者を生む可能性があるので、婚姻《こんいん》は認められているが、後継者作りのためだけなので夫となった者と一緒に暮らす事も、夫の家に入る事もできない。王太子であるエーリクと結ばれる訳がないのだ。

（それに……）

あのアイニがエーリクに釣り合うとも思わない。

セラフィーナとは、格が違いすぎる。

（王族の婚姻に異議を唱えるなんて……なんて不敬なのかしら）

そう思うが、どうしても気になって噂をしてしまうのは人の性《さが》なのか、貴族の性質なのか。今後の勢力図にも関わる事だから当然ではあるが。

そして降って湧いたような自分の婚姻話も、まだ誰にも話していないが知られたらきっと噂になるだろう。

「ベルナルデッタ嬢、ここいいかな？」

「！」

今ちょうど思い浮かべた顔が目の前に現れ、ベルナルデッタは椅子ごとひっくり返りそうになったのを何とか耐えた。

「ごめん、驚かせるつもりじゃなかったんです」

そう言って苦笑するリュシアンの態度には、気安さが見える。

あの日から、リュシアンはベルナルデッタに対して砕《くだ》けた態度を取るようになった。

「い、いえ、私の方こそボーっとしてました。すみません」

「私がベルナルデッタ嬢に会いたくて来たんです。謝らないで」

図書館のテラスでこうやって向かい合うのは、あの日以来だ。

リュシアンはその立場から、メリカント家に直接申し入れをすれば婚約は成立するだろうに、ベルナルデッタの答えを待ってくれている。それを感じるたびに、ベルナルデッタは早く返事をしなければいけないと焦《あせ》ってしまう。

「あら、バルリエ公子じゃございませんか。ご機嫌よう」

ベルナルデッタ一人が気まずく思っている空間に、救世主が現れた。

「これはパーシヴァルタ嬢。ご機嫌麗《うるわ》しく」

「あら、隣国に関する議論ですの？　ご一緒してもよろしいでしょうか？」

ベルナルデッタとリュシアンが図書館で顔を突き合わせて話すと言えばそれだろうと、同席を求めるセラフィーナに、ベルナルデッタが慌てて立ち上がってカーテシーをする。

「放課後の学内でまでいいわよ。座っても？」

「……どうぞ？」

リュシアンが引いた椅子にセラフィーナが優雅に腰掛ける。

「バルリエ公子のお国は技術力に長けていらっしゃって、わたくしたちも学ぶ事が多いからこうしてお話し出来て嬉しいですわ」

「いいえ、私の国は気候がこちらの国ほど穏やかではないので、苦肉の策ですよ」

それから小一時間、ベルナルデッタにとっても楽しい時間となった。

セラフィーナの迎えが来たらしく、一番に立ち上がる。

「とても有意義な時間が過ごせました。今度は殿下もお呼びしてまたお話ししましょう」

「ありがとうございます。その時を心待ちにしております」

「はい、光栄です」

セラフィーナの神秘的な紫の瞳が、ツィ、とベルナルデッタを見下ろした。

「わたくし、とても楽しみにしておりますの。ベルナルデッタ、貴女がいつ立ち上がるのかを」

「え……」

今立ち上がって礼をしようとしていたベルナルデッタは一瞬慌てたが、セラフィーナは決してそんな事を責めてはいない。うふふ、と穏やかで可愛らしさを感じる笑みを浮かべ、美しい礼をして去って行った。見惚《みほ》れんばかりの所作と去り際に、しばらくその後ろ姿を見送っていたベルナルデッタの肩に、リュシアンがそっと触れる。

「私たちも帰りましょう」

「あ……はい」

王都内に住む貴族は邸宅へ、それ以外は寮か王都内に屋敷を借りているので迎えの馬車が来る。リュシアンは留学生なので、後者の王都内の屋敷に住んでいるので二人とも迎えの馬車が来る車寄せに向かう。

そこで運悪く出くわしてしまった。

「あ、リュシアン様！」

ふわふわのピンクブロンドをなびかせ、アイニが駆け寄ってくるのが見え、ベルナルデッタは回れ右したくなる気持ちを抑えた。ちなみにアイニとベルナルデッタは同じ家に帰るが、普段は登校時間も下校時間も違うので別々の馬車だ。

「わぁ、何だかお久しぶりですね！　リュシアン様三年生だからなかなか会えないですよね」

「そりゃあ校舎が違うからね、よほど会おうとでも思わない限り会わないだろう」

「え～寂しいです。あ、そうだ！　今度一緒に昼食を取りませんか？　殿下やサウリくんやオルヴァ様もいますよ！」

「待ちなさい、アイニさん。それは殿下の許可を取った上でのお誘いなのですか？」

自国の王太子と隣国の公子を勝手に相席させようとするアイニに、さすがに黙っていられなくなって口を出した。エーリクの婚約者であるセラフィーナが誘うなら分かるが、聖女見習いであり今出た名前の誰とも親類関係でも婚約関係でもないアイニが気安く誘っていい相手ではない。

　しかしアイニは今気付いたとばかりにベルナルデッタを見て驚いた顔をする。

「あれ？　何でベルさんが？　偶然？」

「さっきまで一緒に図書館のテラスで話してたんだ。ね」

　親し気に片目を瞑《つむ》るリュシアンに、ベルナルデッタは戸惑いながらも頷く。

「ええ～ずるいです！　私も誘って下さいよベルさん！」

　同級生同士の二人に対し、アイニの方が異物だと思うのだが、そう言われてベルナルデッタは何と返したらいいか分からず戸惑う。その間にアイニはリュシオンへ更に話しかける。

「私もリュシアン様の国のお話聞きたいです。ね、今度聞かせてくださいよ。私とても興味があるんです」

「興味ねぇ……」

　上目遣いでずいと体を寄せてくるアイニに、リュシアンは何とも言えない笑顔を張り付ける。

　止めなければと思いつつ戸惑っているベルナルデッタの方をチラリと見て、アイニに視線を戻して口を開いた。

「じゃあうちの国の特産物は？」

「え？」

「首都の名前は？　現王の名前は？　国で一番大きな川の流れる地方は？　夏に行われる祭りは何を祝っている？」

「え？　え？　え？」

突然の質問に、アイニは大きな目をパチパチさせる。

「その程度も知らなくて、私から何を聞きたいの？」

ニコリ、とリュシアンがベルナルデッタが見たこともない笑顔で微笑《ほほえ》む。

「え……でも、それをリュシアン様が教えてくれれば……」

「ハハハ、私はそんなに暇じゃないんだ」

アイニの甘えを一笑に付する。

「私はこの国の事を学ぶために留学しているんだよ。どうしてそんな無駄な時間を過ごさないといけないんだい？」

「で、でもベルさんは？　ベルさんとはお話ししたんでしょう!?」

ビシッとこちらを指差すアイニを止められなく、ベルナルデッタはリュシアンになんて謝ればと頭を悩ませた。

リュシアンはベルナルデッタを見て、いつもの優しい笑みを浮かべた後アイニに向き直る。

「ベルナルデッタ嬢は私の国の言葉で書かれた学術書を読めるほど語学に堪能《たんのう》で、私の国の歴史にも文化にも精通している。無知な君と違って、有意義で文化的な話が出来る聡明な人だよ」

「そんな……でもベルさんは成績もそんなによくないし、何よりも意地悪な言い方をする人ですよ！　そんな人とお話ししていたらリュシアン様も嫌な気持ちになっちゃいます、だから……」

「私は君と話している方が嫌な気持ちになるな。出来れば話しかけないでもらえると嬉《うれ》しいよ」

唖然《あぜん》とするアイニを放っておいて、リュシアンがくるりとベルナルデッタに向き直り、その手を取る。

「馬車まで私にエスコートさせてもらえますか？　ベルナルデッタ嬢」

「あ……はい。ありがとうございます」

そうしてアイニを残し、ベルナルデッタは帰宅した。

家に戻ったアイニがまたサウリに言いつけ絡《から》まれるかと思ったが、サウリは翌日は父の仕事に同行させてもらうのに忙しく、アイニも予定があったらしく何も起きなかった。


そして休み明けの学園では、アイニがエーリク殿下とオルヴァ子爵令息と出掛けたという噂が広まっていた。

自分の婚約者も一緒だったとあってサンドラの怒りようはすごかった。しかもその日は他にサンドラと大事な約束があり、それをすっぽかされたのだと他の令嬢から聞いて、何て不誠実な男なのかとベルナルデッタもオルヴァを軽蔑《けいべつ》した。

しかし話はそれで終わらず、翌日何とアイニがセラフィーナのサロンに突撃してきた。

挨拶もなにもあったものではないアイニに、この時ばかりはベルナルデッタも立ち上がってアイニを叱責した。しかしアイニは聞かず、学園内には身分などないでしょうと言い返す。

学園のルールは編入前にきちんと教えたはずなのに、なぜそんな初等部の子供のような事を言うのかとベルナルデッタは眩暈《めまい》に襲われた。

　次期王妃であるセラフィーナへの無礼の数々。教育係のベルナルデッタ、ひいては後見人のメリカント家そのものが王家より叱責を受けても文句が言えない状況だったが、セラフィーナがそれを華麗に回避してくれた。

　その上で、甘えたアイニへ格の違いを見せつけてくれた。

　初めて会った時から、セラフィーナは寸分の狂いもない完璧な王妃としての高潔さを持っていた。

　いつだってセラフィーナは背筋を伸ばし、前を向き、国のためになる王妃を目指して邁進《まいしん》していた。

　自らに誇りを持ち、他者に惑《まど》わされず、揺るがなかった。

『わたくし、とても楽しみにしておりますの。ベルナルデッタ、貴女がいつ立ち上がるのかを』

　そしてもう一人、サンドラも。

「わたくしは生涯この国に、セラフィーナ様にお仕えします！　あの方にお仕えする事こそ、この国に貴族として生まれたわたくしの責務ですわ！」

（ああ、何て眩《まぶ》しいのかしら……）

　揺るがない気持ち。信念。

（私……私は…………私も…………）

「サンドラ様」

振り返るサンドラに、ベルナルデッタは気恥ずかしくて視線をそらしながら聞いた。

「あの……私、髪を纏《まと》める髪飾りが欲しいのですけど……何か、オススメはありますか？」

「！　沢山ありますわ！」

普段から強い視線のサンドラの瞳が、本物のエメラルドのように輝いていた。

⁂

「え……姉上が、学年一位……？」

あれからひと月が経ち、本格的な寒さが身に染みるようになった頃。夕食時に家族で集まる食堂で後期の中間試験の結果を知ったらしいサウリが、信じられないものを見る目でベルナルデッタを見ている。

「ええっ？　いつも真ん中くらいなのに、そんなに一気に上がるものなんですか？」

アイニも初耳だったらしく、目を丸くして質問をするのをサウリが遮《さえぎ》るように否定した。

「そんな訳ない、姉上まさか何か不正を……」

「やめなさい、サウリ」

それを止めたのは父であるメリカント侯爵だった。

彼は知っているのだ。自分の娘がいかに優秀であったかを。

「…………ベルナルデッタ、あとで書斎に来なさい」

「はい、お父様」

親子の会話をアイニは不思議そうに、サウリは納得のいっていない顔で、継母《ままはは》は憎々し気に見ていたがベルナルデッタは何一つ反論する事もせずに、粛々《しゅくしゅく》と頷いた。

夕食後、何年かぶりの父の書斎に入る。壁に嵌《は》め込《こ》まれた大きな本棚に年代物の立派な机、革張りのソファ。本棚には見覚えのない本もあった。

懐かしさは感じたが、思っていたほどではなかった。

今日はこの後サウリと勉強をするのだろう、机に用意されている書類にチラリと視線をやる。

「どういうつもりだ？」

低い声でそう訊ねられても、ベルナルデッタにはもういつもの謝罪の言葉は持ち合わせていない。

「わたし、決めましたの」

「何をだ」

宰相として国の政治を牽引《けんいん》しているだけあって、父からは威圧感は感じるが、ベルナルデッタは怯《ひる》まなかった。

「自らの手で全てを手に入れ、この国へ尽くす事をです」

「まさか女だてらに侯爵家を継ぐ気か？」

バカな事を、と息を吐く父に、ベルナルデッタは背筋を伸ばして微笑んだ。

あの日サンドラに貰《もら》った紫のリボンで纏めた髪が、気持ちを引き締めてくれる。

「ピエラントーニ伯爵家十二代目当主、キエザ伯爵家八代目当主、クレリチ子爵家九代目当主、トラヴァッリョ侯爵家十六代目当主、歴史を振り返りましても、女性の当主は多く存在します……四代目メリカント家当主も、女性です」

「今の時代にはいないだろう。次代の後継者と言われる者も皆男子だ。大体お前は、後継者教育を受けていないだろう」

言われて、ベルナルデッタはことさら笑顔になり、メリカント侯爵はそれにギクリとした。

幼い頃にこの部屋に出入りをしていた娘との会話が脳裏をよぎったからだ。

「私も、そこが気がかりではあったのですが、今そちらの資料を見て安心いたしました。その程度なら、私の自主学習で問題ありません」

「私は……認めんぞ」

「お父様もご健勝でいらっしゃいますから、まだまだ後継者を指名するのは先の話ですよね。時間は、十分ございますわ」

いつからか、いつも俯《うつむ》きがちで謝ってばかりだった娘が、まっすぐに自分の目を見て威厳すら感じる笑みを浮かべるのに、メリカント侯爵は応える事が出来なかった。

部屋から出ると、弟がいた。

「聞き耳を立てていたの？」

「違います、今日は僕が父上に呼ばれて教えを請《こ》う日です」

言外に、お前の方が邪魔ものだと含ませる物言いでも腹は立たない。

「サウリ、ピナルディ地方はどうでした？」

「え？」

「行ったのでしょう？　先日お父様に付いて。その前にお父様から教わった上で」

ここ数日で急に雰囲気の変わった姉に、サウリは脳内の記憶を呼び起こして答える。

「み、緑豊かな場所でしたよ。名産の小麦も順調に育っていましたし……」

「冷害対策は？」

「冷害？」

「近年冷夏が続いて、小麦の収穫量が落ちているでしょう？　過去の記録から見てもこの冷夏はまだ数年続くでしょうから、その対策に貴方《あなた》は何をすべきだと思う？」

「え？　え？」

戸惑う弟を見て、ベルナルデッタは目を細めて小首を傾《かし》げた。

「そんな事も、分からないの？」

⁂

季節が冬を過ぎ、暖かくなってきた頃、王立学園は卒業式を迎え、夜はこれから社交界に羽ばたく若者たちを祝うパーティが開かれた。

卒業パーティのその日、ベルナルデッタはリュシアンのエスコートを受けた。

「似合っていますよ、ベルナルデッタ嬢」

「こんなにしていただいて……申し訳ございません」

「それはもう言いっこなしですよ」

ベルナルデッタは、リュシアンのプロポーズを受けなかった。

それでもリュシアンはベルナルデッタにドレスを送り、卒業パーティに一緒に出たいと言ってくれた。

前髪の片方を下ろし、銀の髪を弧《こ》を描いた深く青い髪飾りで纏めたベルナルデッタのドレスは光沢のある紺色で、胸に付けたブローチはリュシアンの瞳と同じヘーゼル色のブラウンダイヤモンドだ。

「何となくね、こうなる気はしていたんですよ」

そう言って苦笑したリュシアンはチラリと、卒業生を見送る立場ながらも会場の中心にいるエーリクとセラフィーナに視線をやる。

ふとこちらを向いたセラフィーナに微笑まれた気がした。

卒業生ではないため控えめな青のドレスであっても、今日もセラフィーナは誰よりも美しく気高い。

彼女が愛するこの国を、ベルナルデッタも一生守るのだ。

セラフィーナの側《そば》には、見た事のない型の赤いドレスのサンドラも見えた。彼女の婚約者は中等部生のため、エスコートはサンドラによく似た成人男性がしていた。兄がいると言っていたので、恐らくその方なのだろう。その兄らしき相手に何か文句を言っていたサンドラとふと目が合うと、頷かれた。どうやら今日の装いはサンドラの合格を頂けたようだ。

「卒業後は官吏《かんり》として王宮へ勤めると聞きました」

リュシアンの言葉に、視線を戻す。

「はい、外交の部署に希望を出していますので、配属されればいずれリュシアン様のお国にも行けるかもしれません」

プロポーズは断ったが、リュシアンはベルナルデッタの貴重な友人には変わりない。また交流できたらと思うが、それは彼次第だ。振っておいてお友達にとは言えない。

「そうしたらぜひ、私がベルナルデッタ嬢を案内したいですね」

だから好意的な返答に、少し面食らった。

「よろしいのですか？」

気を遣わせてしまっているのでは、と問うとリュシアンはいつもあの穏やかな笑みで答えた。

「ええ、私は諦《あきら》めが悪いので」

閑話一　女子学生たちの噂話

「ねぇ、お聞きになりまして？」

ハルヴァル王立学園中を席巻《せっけん》した王太子《おうたいし》婚約者セラフィーナと聖女見習いアイニの対立構図は、あっさりと幕が引かれた。

　王太子であるエーリクが聖女見習いのアイニと休日に街に出掛けたという事で、よもや本当に聖女が王妃になる未来が……とまで噂《うわさ》され、セラフィーナによる「殿下《でんか》との婚約は義務である」というセリフが放たれたと出回り、ますます噂が真実味を帯びた所で直接対決が行われた。

「結局のところ、アイニさんが勝手に不敬にも殿下に迫っていらっしゃっただけなんでしょう？」

「そんな言い方は可哀想《かわいそう》よ。殿下から誘ったりもしていたそうよ」

「それは殿下が下々の者の生活を知りたかっただけだったんでしょう？　それを勘違いするなんて」

「あら、じゃあ貴女《あなた》は殿下に一人だけお茶会に誘われたりしても舞い上がらないと誓えるのかしら」

「それは……」

結果は、エーリクに二心《ふたごころ》など欠片《かけら》もなく、セラフィーナと共に次期王として勤《いそ》しんでいたに過ぎず、二人の仲もすこぶる良好だった。

一部の『小公女《しょうこうじょ》物語』に感化されていた女子生徒たちは現実を知り、落胆《らくたん》する暇《ひま》もなく、聖女王妃推《お》しに加担《かたん》していたとして親からお叱りを受けた者も多かった。

女子生徒たちに影響を与えたとして『小公女物語』の販売も危ぶまれたが、他でもないエーリクによってそれは阻止《そし》された。いわく、「多くの人に影響を与える読物として興味がある」と実際に読まれて学習されているらしい。なんて公平で寛大な王太子なのだろうかと市井《しせい》ではエーリクの評判が上がったが、近しいものたちは若干《じゃっかん》何にでも興味を持つエーリクに手を焼いているとか。


「しょせんは田舎《いなか》貴族の庶子《しょし》ですもの、セラフィーナ様と立ち並ぼうなどと、身の程知らずにも程がありますわ」

一人の女子生徒が高らかに言って、同意を求めるように視線を向けた先。

お茶会の主催者であるサンドラは、その視線を受け、エメラルド色の瞳を眇《すが》めた。

「セラフィーナ様は王妃に相応《ふさわ》しい素晴らしいお方です。アイニさんも物覚えは悪くとも勘違いしていた事を今は正されているのです。出生だけで貶《おとし》めるような事を言うのは淑女《しゅくじょ》のすべき事ではありませんわ」

学園内で流行の最先端であるサンドラの機嫌を取りたかった女子生徒は、注意をされ顔を赤くして俯《うつむ》いた。そもそもこの女子生徒が少し前までセラフィーナを侮《あなど》っていた事もサンドラは知っている。

「今回の事はアイニさんだけが引き起こした事ではありません。わたくしもセラフィーナ様の器の大きさを見誤って不用意に騒ぎすぎた事を反省していますわ」

セラフィーナは絶対的存在であるのだから、彼女の地位を脅《おびや》かすような話があれば、セラフィーナではなくサンドラが動いて排除すべきだった。それをセラフィーナ自身を動かそうとしていたなんて、側近候補としての考え方からして未熟であったと反省しきりだ。

エーリクもセラフィーナも最初から最後まで、誰に何を言われようが揺らぐ事がなかった。あれこそが上に立つ者の器だ。その補佐をし、彼らの栄光に陰りを生じさせるような者が出てきたら動き対処する。それがサンドラの役目だ。

まずはこうしてサンドラの周囲に集まる者たちからセラフィーナの素晴らしさを真に広めていこう、と心新たにするサンドラの耳には、他の女子生徒の潜められた声は入らなかった。

「サンドラ様って、婚約者を聖女見習いに獲《と》られたんでしょう？」

「違うわよ。婚約は解消したけれど、サンドラ様はすぐに他の方と婚約なされたわよ」

「つまり捨てられたのは、オルヴァ様の方って事？」

「まぁあれじゃあね……当然でなくて？」

サンドラとオルヴァの婚約解消の件も既《すで》に学園内には広まっていた。

エーリクに二心がなかったのと同時に、それでは同じようにアイニの側《そば》にいたオルヴァは？という疑問が当然起こった先の婚約解消の一報に、生徒たちは「エーリクではなく、オルヴァがアイニに惚《ほ》れていたのか」と理解した。

そしてその婚約者であるサンドラが、そんな事を許す女性ではない事は既に知れ渡っていたので、婚約解消はさもありなんと受け入れられた。何度かオルヴァが学園内でサンドラに迫っているのを見られた事からも、サンドラの方が見限ったのは一目瞭然《いちもくりようぜん》だった。

本来であれば婚約解消を女性側から申し入れるのは滅多《めった》にない事で、はしたないとされていた。しかしサンドラの婚約解消について否《いな》を唱《とな》える者はほとんどいなかった。

「あれだけぞんざいに扱われるのでしたら、怒っていいですわよ！　サンドラ様は正しいですわ！」

「そう……そうよね。怒っていいのよね。女が動いていいのよね」

淑女たるもの、親と伴侶《はんりよ》に付き従い支えるのが当然であると言われ育った令嬢たちは困惑《こんわく》しつつも心に火が灯《とも》っていった。

「それよりもベルナルデッタ様じゃありません事？」

「貴女も見られましたの？　あの方、あんなにお綺麗《きれい》だったのね」

サンドラの婚約解消話と同じくらい女生徒たちの話題に上ったのは、ベルナルデッタの変わりようだった。

名門侯爵《こうしやく》家《け》で宰相《さいしよう》の実の娘でありながら、いつも長い髪を下ろし顔を隠して遠慮がちだった彼女が、ある日突然髪を束ね前を向き始めたのだから、話題にならないわけがない。

「それに新しい解釈の論文を提出されて、教員たちを驚かせたと聞きましたわ」

「え、ベルナルデッタ様ってそんなに成績がよかったかしら？」

「あまり印象はありませんが、よく本を読まれているのは前から見かけておりましたわ」

「そう、図書館と言えば……」

一人の女生徒が興奮したように話に入ってきた。

いつだって、少女たちの関心は恋物語だ。

「バルリエ公子《こうし》とよく図書館のテラスでお話しなさっているのよ」

「ええっリュシアン様と!?」

「リュシアン様って物腰は柔らかいけれど、女性と二人きりになるなんてこれまでなかったでしょう？」

隣国トリニアの公子という立場と婚約者不在という事実で、ハルヴァルには婚約者探しに来たのではないかと言われていたリュシアンだったが、穏やかな雰囲気《ふんいき》とは裏腹に女性と二人きりになる事など決してなかった。慎重になっているのだろうと思われていたが、そのリュシアンがベルナルデッタに会いに図書館に足繁《あししげ》く通い、何か理由を付けてはお茶に誘う姿がたびたび目撃されているという。

「わたくし以前にリュシアン様とベルナルデッタ様が手を合わせているのを見ましたわ！」

「そんな！　リュシアン様もついにお相手を決められたの!?」

「じゃあ卒業後はベルナルデッタ様はトリニアに行かれるのかしらね？」

素朴な疑問を口にした女子生徒に、その場にいた全員がはたと止まって首を傾《かし》げた。

「ベルナルデッタ様が？　あの初等部からセラフィーナ様の側にいらしたベルナルデッタ様が？」

ベルナルデッタが一つ年下のセラフィーナの側に居続けた事は学園内では有名な話だ。なんせ親教会派の侯爵家令嬢が、自分の派閥《はばつ》も作らずに王室派筆頭の侯爵家令嬢、しかも年下に付き従っているのだ。それが長年にわたるとなると、もう王太子の婚約者となったセラフィーナの側近になるのだろうという見方をするのが必然だ。

「それは……あり得ないのではないかしら？」

「貴女もそう思う？　それじゃあリュシアン様が婿入《むこい》りなさるのかしら？」

「公子様が婿入りなんて、もっとあり得ないでしょう！　第一メリカント侯爵家はサウリ様がお継《つ》ぎになられるのでしょう？」

「じゃあ、どうなさるの？」

「……どうなされるのでしょう？」

新たなロマンスに沸《わ》いた女生徒たちだったが、難解な問題に勢いをなくし、お茶会はお開きとなった。

四　侯爵嫡子　サウリ・メリカントの記憶

「貴方《あなた》はいずれ、侯爵《こうしやく》になるのですよ」

幼《おさな》い頃から、母から何度も聞かされた言葉だ。

サウリは愛し合う父と母の間に生まれた。

ただ一つ、メリカント侯爵家嫡子《ちやくし》である父には既《すで》に政略結婚で娶《めと》った妻がいたため、母とは正式に結婚できなかった。

正妻は子爵家《ししやくけ》の四女である母よりも身分の高い伯爵家《はくしやくけ》のお嬢様だったので、離縁する事も出来なかった。その辺の事情については、サウリもよく理解していて恨《うら》んではいない。父は母とサウリに屋敷を買ってくれ、頻繁《ひんぱん》にその家に帰ってきていたから、特に不満もなかった。それでも父が留守の間は、母が寂しそうにしているのを見ると可哀想《かわいそう》だった。しかしそれもサウリが三歳の時に解決した。

元々体の弱かった父の正妻が亡くなったのだ。葬儀《そうぎ》の後、ひと月喪《も》に服してすぐに、父は母とサウリを本宅に迎え入れてくれた。

前妻には娘が一人いただけだったので必然的に、跡取《あとと》りは男子であるサウリになるのだろうと誰もがそう思っていた。特に母は、日陰の身から正妻となった事で元気になったし、生き生きと屋敷の女主人として奮闘していた。

二つ上の腹違いの姉、ベルナルデッタは大人しい少女だった。

今思い返せば、母親を亡くしたばかりなのに、父がすぐに後妻と腹違いの弟を迎え入れたのだから、五歳の子供ならば癇癪《かんしゃく》を起こしてもいいくらいだが、サウリにはそんな記憶はない。

ベルナルデッタは大人しい姉だった。

だが、怖い姉でもあった。

幼い頃の記憶だから曖昧《あいまい》だが、サウリにはベルナルデッタと外で遊んだ記憶はない。思い出せるのは、ベルナルデッタが暗い部屋で、重くて大きい物を抱えて来た事。長い呪文《じゅもん》のような言葉。母のヒステリックな叫び声。母に部屋から引き出される時に振り返り、暗い部屋に一人だけになったベルナルデッタのイチゴのような瞳がぼんやり光って見えた事。

その記憶を最後に、ベルナルデッタと二人でいた記憶はない。

母からの話を聞くには、ベルナルデッタは幼いサウリに意地悪で怖い本を読んで聞かせていたそうだ。

母が前妻の子であるベルナルデッタを嫌っていたのは分かっていたし、新しい女主人である母の機嫌を取ろうと使用人たちもベルナルデッタの味方には付かなかった。ベルナルデッタは大人しく、偉ぶった態度もないのでどんどん使用人たちに舐《な》められていった気がする。可愛《かわい》げもないから、父親からも可愛がられている様子もない。

ただ一度、ベルナルデッタが初等部に入るよりも前、確かサウリが六歳くらいの時だ。夜にトイレに起きた時、父の書斎から明かりと声が漏《も》れていたので、何となく近付いて扉の隙間から、静かに話す父と、嬉《うれ》し気に顔を輝かせたベルナルデッタが色んな質問をしているのを見たことがある。

あんなに楽しそうに沢山話すベルナルデッタは見た事がなくて驚いた。珍しいものを見たと思って、サウリは部屋に戻ってそのまま眠り、翌日その話を母にした。母は顔色を変え、父の元へ走って行った。

その日の夕食の席で、父が言った。

「今日からは、ベルナルデッタは書斎に出入りをしないように」

代わりに、夕食と風呂を済ませた後に、サウリが父の書斎に来るようにと言われた。後継者教育のためだという言葉に、母が満面の笑みで「励みなさいね」と言った。

この頃にはサウリは家庭教師が付いていて、その教師たちにも「優秀だ」と言われていた。父の指導を受けられるのは純粋に嬉しく、誇らしかった。そしてあの時間が、自分のものになるのだと思ったら、優越感が湧《わ》いてきた。

それと同時に、少しだけ、あの時の楽しそうなベルナルデッタの笑顔が浮かんで、胸がチクリと痛んだ。

九歳で王立学園の初等部に入ってもサウリの成績は常にトップクラスだった。

対してベルナルデッタは真ん中より少し上くらいだ。礼儀《れいぎ》作法に関しては優秀な方であったが、遠目で見かけても学園内でも口数が少なく俯《うつむ》きがちな様子から、友達も少なそうだった。ただ第一王子の婚約者であるパーシヴァルタ侯爵の令嬢とは仲がよさそうだった。

それに関しても、夕食時に父に「別の派閥《はばつ》を作りなさい」と注意されていた。メリカント家は王室と対立しがちな教会派であるため、いずれ王太子になるであろうエーリクの婚約者であるセラフィーナと同じ派閥にいるのは得策ではない。侯爵になるのはサウリだが、もう少し侯爵家の娘としての立《た》ち居振舞《いふるま》いってものをちゃんとしてほしいなと思ったサウリは、その頃にはほとんどベルナルデッタと話す機会はなくなっていた。

もうすぐ中等部に進もうかという年なのに、婚約者がいない上級貴族の娘というのも恥ずかしかった。サウリが物心つく前に一度婚約していたらしいが、会ってひと月も経《た》たないうちに相手側からお断りされた事があるらしい。その事もあってよくない噂《うわさ》が広がっていて相手がなかなか見つからないのか、父がさじを投げて「自分で探してくるように」と言ったと聞いた。

サウリにも婚約者はいなかったが、これに関しては、母の意向であった。

父と母は王立学園の時代に出会っていたらしい。しかし父には既に婚約者がいたため泣く泣く諦《あきら》め、大人になって夜会で再会し結ばれたそうだ。そのため、母は学生時代に運命の人に出会うかもしれない、と父の薦《すす》めを退《しりぞ》けサウリに自由に恋愛をしてほしいと言った。父と母は素晴らしい両親だと思うが、サウリはあまり恋愛には興味がなかったのだが、一応頷《うなず》いておいた。

そして高等部に進む少し前に、アイニが侯爵家にやって来た。

＊＊＊

「アイニです！　よろしくお願いします！」

ピンクブロンドのふわふわとした髪に、ヘーゼル色のキラキラとした大きな瞳。

小柄な体で朗《ほが》らかに笑うアイニは、サウリが今まで出会ったどんな令嬢とも違った。

アイニはサウリと同じ年で、元々は田舎《いなか》の男爵家《だんしゃくけ》の庶子《しょし》であったが、光魔法の力に目覚め、聖女となるべく王立学園へ編入する事になっていた。

男爵家では使用人のような扱いを受けていたため、最低限の学習しかしておらず、高等部の入学には間に合わないのだそうだ。編入までの半年間を、後見人となったメリカント侯爵家で学ぶことになった。

ベルナルデッタの陰気さとは正反対のアイニに、サウリはすぐに好意を抱いた。

ベルナルデッタは幼い頃から背が高く、最近ようやく追い越せたのに比べ、アイニは背が低くてサウリの視線の先につむじがある。なのでアイニはいつもサウリを見上げて、ニコっと花が咲くように笑うのだが、それがいい。

「私の手、あかぎれとかあって醜《みにく》いよね……。ベルさんみたいにキレイな令嬢の手じゃないから……」

アイニは使用人の娘として生まれ、使用人と同じように炊事や掃除をしていたそうだ。そのせいで手にはいくつか傷痕が残っていたが、サウリには愛《いと》しい手としか見えなかった。

「そんなことない。働いてきた、素敵な手だよ」

そう言って花の香りのハンドクリームと、ピンクのマニキュアを贈ったら喜んでくれた。

しかしアイニの教育には、魔法の教師と勉強の教師、それから作法の教師にベルナルデッタが就いていて、サウリが一緒になれる時間はなかなかなかった。学園の事だったらサウリが教えるのに、同じ女性だからと父はベルナルデッタに指示をした。

それでも他の家庭教師の時間よりは気軽に行けたので、ベルナルデッタの時間を狙ってアイニに会いに行った。アイニもサウリの顔を見ると喜んでくれたので、サウリはベルナルデッタの授業に入り浸るようになった。

「う〜〜難しいですぅ」

その日もベルナルデッタがアイニに対し作法を教えていた。

基本的な礼儀作法の教師は別にいるのだが、学園内の立ち居振舞いとなるとどうしても上級貴族令嬢として学園に通うベルナルデッタの教えが必要だ。

「違います、アイニさん。その場その場ではなく、全体の流れを記憶してから次にどうすればいいかを考えると覚えやすいですよ」

「そんな事言っても、覚えなきゃならない事が多すぎてパニックですよぉ」

「姉上、そんな詰め込み学習じゃ覚えられないですよ」

さっきから各貴族の家の説明と爵位《しゃくい》に対する作法をつらつらと並べるばかりで、そんなもので覚えられるとは思えない。何せアイニは使用人の仕事をしながら最低限の勉強しかしていないのだから。

「そうですよ、こんな同じような名前の貴族の名前を紙で見るだけじゃ覚えきれません」

「でもそれは学園内に在籍している方のお家だけに絞っていますから、必ず覚えてないと困りますよ」

「ベルさんは全部覚えているんですか？」

「はい」

当然のような顔をして返事をする姉だけど、姉の成績が別にいいわけじゃない事をサウリは知っていた。

「と言っても、姉上は初等部の頃から徐々にじゃないか。アイニにこの期間で全て覚えろって言うのとは違うだろ」

「そうですけど、一か月もあれば覚えられませんか？」

不思議そうに首を傾《かし》げるベルナルデッタが、他人事《ひとごと》だと思ってるのが分かって苛《いら》つく。

自分が出来ない事を人に強《し》いるなんて、苛《いじ》めではないか。

アイニは確かに男爵家の庶子で、ベルナルデッタは侯爵家と由緒《ゆいしょ》正しい伯爵家の間に生まれた娘ではあるが、それが見下していい理由になるわけがない。大体アイニは聖女になるのだから、上級貴族と同等の位を与えられるのに、それがこの姉には分からないのだろうか。

「僕はこの間の試験でも学年上位だけど、姉上だって別に学園の成績がいいわけじゃないじゃないか。自分に出来ない事を人に押し付けるなよ」

「え、そうなんですか？　ベルさんってば成績いいんだと思ってました」

意外～と言うアイニはベルナルデッタの苛め発言は気にしていない様だった。それだけ今まで苦労してきたのだろう。

だがベルナルデッタの発言は、それで止まらなかった。

アイニが外に出て実地で勉強しましょうと言い出したので、サウリもアイニは体を動かした方が覚えられるタイプだと思って賛成した。

しかしそれに難色を示したベルナルデッタが眉《まゆ》をひそめた。

「え……基礎も出来ていないのに、外に行っても何を得られるというのですか……？」

言葉は丁寧《ていねい》だが、見下《みくだ》した雰囲気がそこかしこに滲《にじ》んだベルナルデッタの物言いに、サウリも顔をしかめた。

「それ。姉上よくそういう上から目線の言い方多いですよ。大して頭もよくないのに、そういうのどうかと思いますよ、本当に」

この姉は、大人しいふりをして、たまにこういう上からの嫌みな言い方をするのだ。

成績はサウリの方がいいし、侯爵家の跡取りとしての教育も受けていて、サウリの方が立場は上のはずなのに、そのサウリにまで言っているのだから、おそらく学園内でも出してしまっているのだろう。

そして男爵家の庶子という事で、ことさらアイニに対してはその傾向がある。だからアイニを守るためにも、サウリはベルナルデッタの授業に顔を出すようにしていたのだ。

眉をひそめて黙り込む陰気な姉とは正反対にアイニは、ベルナルデッタの見下した発言を気にすることなく可愛らしい顔でニコリと笑って、最初にベルナルデッタが教えた貴族の礼をして見せた。

「大丈夫ですよ、ベルさん！　こうでしょう？」

どこまでも純粋で、純真で、前向きなアイニ。

対して姉は、表情の乏《とぼ》しい瞳でアイニを見下ろし、言い放った。

「どうしてそんな事も、出来ないのです？」

ショックを受けるアイニを街に連れ出したサウリは、改めて姉を軽蔑《けいべつ》した。頑張っているアイニに対し、自らの立場も能力も棚に上げ、ただ苛める事しかしないなんて。

（アイニは僕が守らなきゃ……）

それがメリカント家嫡子として、そして男としての自分の使命だとサウリは強く心に誓った。

＊＊＊

アイニが編入する日がやって来た。

一足先に王立学園に入学していたサウリは、この時を待ち望んでいた。

　あれ以来、ベルナルデッタの学習時間はサウリが誘って街に出る事もあったが、基本アイニは学習時間でスケジュールがいっぱいだ。同じ屋敷に住んでいるというのに、あまり自由に話せる時間がなかった。

　だが学園となれば、同じ学年だし授業も一緒、昼食も放課後も一緒にいられる。

「サウリくん！」

　教員が出ていってすぐ、アイニがサウリに安心したような笑顔で駆け寄って来た。登校は一緒だったが、編入生のアイニは別行動だったため不安だったらしい。

　青いワンピースに白い上着の制服姿のアイニは、やっぱり学園内でも際立《きわだ》って愛らしかった。侯爵家嫡子であるサウリに遠慮がちなクラスメイトたちも、アイニの親しみやすさと可愛らしさに惹《ひ》かれ寄ってきた。それでもアイニの特別はサウリなのだと、少し優越感を感じた。

　休み時間などに校内を案内し、昼休みに一緒に食堂に行った時、王太子《おうたいし》であるエーリクと婚約者のセラフィーナ、そしてベルナルデッタと王子の学内での護衛も担《にな》っているオルヴァが一緒にいるのが見えた。

「サウリくん、ベルさんと一緒にいるのは誰？」

　ベルナルデッタはこんな事もちゃんと教えていないのかと呆《あき》れながら、サウリは答える。

「この国の第一王子で王太子であらせられるエーリク・ハルヴァリ殿下《でんか》とその婚約者のセラフィーナ・パーシヴァルタ侯爵令嬢、それから三年のオルヴァ・マケライネン子爵令息だ」

「えっ王子様!?　あれが……。ベルさんと仲がいいのかな？」

「ああ、殿下の婚約者であるパーシヴァル嬢と仲がいいらしいから……」

「ねね、私たちも挨拶《あいさつ》にいこうよ！」

「えっ」

サウリが驚いている間に、アイニは小走りで行ってしまったので、慌《あわ》てて追いかける。

「ベルさん！」

アイニの声に顔を上げたベルナルデッタが、目を丸くするのを見て、久しぶりに姉の驚いた顔を見たなと思ったが、そんな場合ではなかった。

「ベルさんが見えたから来ちゃいました！　えっと、そちらは王子様と婚約者様なんですよね？」

サウリが止めるのは間に合わず、アイニはチラチラと王太子殿下とその婚約者を見る。

エーリクを守るように前に進み出たオルヴァが、ベルナルデッタに視線をやるが、その前に
「メリカント嬢……こちらは？」

アイニが元気よく答えた。

「今日から学園に編入しました、アイニ・ミッコラと申します。よろしくお願いします」

そう言って礼の所作を取るが、そうではない。オルヴァはベルナルデッタに訊《き》いたのだ。つまりアイニに発言は許されていない。

基本身分の高い者から声を掛けられない限り、自分から言葉を発してはいけない。いくら学園内では身分は関係ないとはいっても、王族は別だ。そして今オルヴァは王族の代わりに質問

をした。何よりも、初対面の何者かも分からない者を王族に容易《たやす》く近付けるのは問題なのだ。

「ミッコラ……じゃあ君が〝聖女〟か」

アイニの事を知っていたのだろう、警戒をゆるめたオルヴァにアイニがニッコリと笑いかける。

「分からない事も多くてご迷惑をお掛けするかもしれませんが、よろしくお願いします」

「あ、ああ」

アイニのこの素直さと向上心はサウリも好ましく思っているが、関係のない目上の者に言う事ではないとも思った。現に、ベルナルデッタは眉をひそめているし、セラフィーナも微笑《ほほえ》みを浮かべているが目に感情が見えない。サウリはこの令嬢の事も苦手だった。

さすが、エーリクは王子として聖女に礼節を持って「ああ、励むように」と返事をしてくれた。

あとでアイニには王族に対する態度の事を言っておかなくてはいけない。それにメリカント家は聖女見習いであるアイニを預かって親教会派を示している。教会と王家は対立とまではいかないが、相容《あいい》れない関係だ。その上姉のベルナルデッタが考えなしに王太子の婚約者セラフィーナと仲良くしているので、余計王家との距離は気を遣《つか》う。

しかし、翌日アイニの姿が見えないと探していたサウリは、エーリクたちと親し気に話しているのを見つけた。

「エーリク殿下、失礼いたしました。行くよ、アイニ」

アイニが失礼を働かない内に、早くこの場を去ろうとアイニの腕を摑《つか》むが、それよりも早くアイニが明るい声でとんでもない事を言い出した。

「ねえ、せっかくだからエーリク様たちも誘って一緒にご飯を食べましょうよ」

昨日「王族とは距離を置いて」と伝えたはずなのに、当の王族の前で何を言いだすのだとサウリは眩暈《めまい》をこらえてエーリクたちの手前、言葉を絞り出す。

「アイニ、王太子殿下をそんなに軽々しく食事に誘ってはいけないし、口の利き方も気を付けて」

改めて注意をするが、アイニはなぜ注意をされているのか分からないといった顔で首を傾げている。なぜ分からない。姉さんは一体何を教えているんだと、ここにはいないベルナルデッタに対して苛立つ。しかしそんな事をしていても問題は解決しない。ここは多少不敬でも強引にアイニを引っ張って去らなければと考えた所で、予想だにしない事が起こった。

エーリクがアイニの提案に頷いたのだ。

「ええっ!?　殿下、よろしいのですか!?」

まさか婚約者のいる男性、しかも王族が聖女見習いとは言え、婚約者不在でアイニと食事を取るなんて思いもしなかった。何ならオルヴァは心なしか嬉しそうにしているのにも、モヤっとした気持ちになる。しかしアイニだけを行かせる訳にはいかない。仕方なくサウリはアイニと共にエーリクとオルヴァと昼食を取る事になった。その後もアイニはオルヴァやエーリクを見ると寄って行き、昼食も一緒に取るのが慣例になっていった。

サウリはまずいとは思ったが、今さら王族の誘いは断れないし、アイニを一人にも出来ない。オルヴァとアイニの距離がやたらと近いのも、目が離せない。

一度、アイニに「マケライネン先輩には婚約者がいるよ」と言ったが、「やだな、お友達だよぉ」と笑われた。しかしオルヴァの婚約者は、気が強い事でも有名なあのサンドラ・アルディーニ嬢だ。

案《あん》の定《じょう》、アイニはサンドラから直接咎《とが》められたが、そのあまりにもきつい言葉にオルヴァとサウリが止めに入った。その後も何かにつけ、サンドラの……正しくはセラフィーナの取り巻き令嬢に非難されることが多いので、サウリとオルヴァはアイニに対しどんどん過保護になっていった。

アイニは男子生徒だけではなく、女子生徒にも同じ距離感なので悪気がないのは分かるが、王太子や婚約者のいる男性に親しげなのは確かに問題であるし、サウリもいい気分はしないので何度か注意はした。それでも、今まで苦労していて、聖女になるための勉強も頑張っているアイニが他の令嬢たちに強く当たられているのを見ると、かばいたくなってしまうのが男心だ。

一度、聞いた事がある。

「どうしてアイニはそんなに皆と仲良くしたがるの？」

アイニはきょとんとした後、可愛らしく笑った。

「だって、今しか仲良く出来ないじゃない」

それを『身分差を気にせず』という意味だと思ったサウリは、それでもとアイニに忠告しておいた。

「でも王太子殿下は婚約者も決まっているし、色々ややこしいからあまり親しくしないようにね」

「分かった」

しかしアイニは、サウリの忠告を全く聞き入れてはいなかった。


それはサウリが父から領地視察の同行を許された休日。

初めての視察との事で、とりあえずは新しい土地を見るようにと言われて、サウリはずっと胸を躍《おど》らせていた。数日前からあらかじめ父からその土地の話は聞いている。でも話に聞くのと直接見るのとでは全く印象が違った。

視察を終えて帰ってきたら、休日だというのにずっと家にいたらしいベルナルデッタが何か言いたげな表情をしていたが、無視をした。

それよりも、アイニが同時刻に帰ってきたのが気になり、どこに行っていたのかを聞くと、驚きの返答が返ってきた。

「エーリク様とオルヴァさんと街にお買い物に行ってたの」

案の定、翌日の学園はその噂で持ちきりだった。

オルヴァが婚約者との約束を反故《ほご》にして行っていたのも噂を加熱させた。

（なんて事をしてくれたんだよ……）

オルヴァだけを責めるのは筋違いだとは分かっていても、悪態《あくたい》をつかずにはいられなかった。

学園内は、今やセラフィーナ派とアイニ派で分かれて一触即発だ。

王太子の正式な婚約者であるセラフィーナが沈黙を守っている事で、何ならアイニ派が強くなっているくらいだ。

だが、教会派であるアイニが王妃になどなれない事は、サウリには分かっていた。

だからこの噂を打ち消すためにもサウリはアイニと婚約したいと母に申し出た。

サウリに好きな人が出来たら、その人と結ばれるべきだと言っていたはずの母は、顔を顰《しか》めて却下した。

「どうしてですか母上！　アイニは素敵な子ですし、僕には好きな人と結婚するように言って下さってたじゃないですか」

「言いましたけど、相手は聖女見習いですよ？　どこの世界に、かわいい息子《むすこ》を〝種馬〟にしたい母親がいるのですか」

「え……？」

母は言う。

アイニは聖女見習いだ。

聖女となったら、一生を大聖堂で過ごす。

光魔法に目覚めるかもしれない血筋を残すために子は産むが、その子は教会で育てられ、父親の家には入らない。

聖女の伴侶《はんりょ》となる者は、ただ聖女が子を産むために種を注ぐだけの存在なのだ。

「だって、今しか仲良く出来ないじゃない」

あの時のアイニの言葉は、この事を言っていたのだと初めて理解した。

その後、アイニと王太子の外出はあくまでも見聞《けんぶん》を広めるための視察だった事が判明し、アイニはセラフィーナに格の違いを見せつけられ、学園内の諍《いさか》いはセラフィーナが女子生徒の絶対的頂点になる事で収まった。

王太子はあくまでも、セラフィーナと結婚して国を治める事しか考えていなかったし、ついでにオルヴァは婚約者に振られた。

王太子に浮気心などはなく、貴族の婚約は絶対ではなく、自分が聖女と結ばれる事はない。

（僕は……何も分かっていなかったんじゃ……）

子供の頃から優秀だった。

愛人との子だったが、愛し合った両親の元で生まれ、侯爵家の跡取りになれた。

かわいい女の子が家に一緒に住む事になって、全てが順調に見えていた。

「サウリくん、試験範囲の事なんだけど～」

「あ、うん」

セラフィーナにやり込められた後も、アイニの態度は変わらなかった。唯一王太子とセラフィーナには距離を置くようになったが、サンドラに振られたオルヴァとは仲良くやっているようだ。他の男子生徒はオルヴァみたいに婚約者に捨てられないよう少し及び腰になっているが。

でもアイニが最初から婚約者を奪う気などない事を、サウリは知っている。

聖女となる彼女が家を継ぐべき上級貴族の嫡子と結ばれる事はないのだから。

後期の中間試験が近くなったことで、勉強がどうしても遅れがちなアイニはサウリによく質問してくるようになった。教科書を開き、分からない箇所に綴《つづ》られた文を音読する彼女に、まだ胸が高鳴る事はあるが、自分はこの侯爵家を継ぐのだ。この想いは早めに失くさないとと思うサウリの耳に、聞き覚えのある文章が入ってきた。

「え、今の……」

授業ではない。どこかで聞いた事がある……。

「あ、ここ本当難しいし、怖いよね～」

——貴方に意地悪して、怖い本を読んでたのよ——。

（この文章……）

それはこの国の歴史で、昔あった法律とそれが出来る原因となった凄惨《せいさん》な事件について記述されたものだった。

女性の、高い声で聞いて思い出した。

（これ……姉さんが昔僕に読んでくれた……）

ぞわり、とサウリの背中を冷たい何かが這《は》った。

あれは、まだサウリがメリカント家に入ったばかりの頃だから、サウリは三歳。ベルナルデッタは、五歳だったはずだ。

ずっと、違和感はあったのだ。

ベルナルデッタは大人しい。メリカント家ではなおの事口数が少ない。

しかし、ただの一度たりとも、誰かからの質問に答えられなかった事はなかった。

あの日見た父の執務室でのベルナルデッタは、饒舌《じょうぜつ》だった。宰相《さいしょう》である父に、止まることなく質問をしていた。

大体あのセラフィーナがどうして、あの姉を側《そば》に置いているのだ。

サウリの胸に芽生えた、いや常にあった疑問が芽を出し、体中に広がっていった。

そしてそれは、否定する材料を探す暇《いとま》もなく白日の元へと晒《さら》された。


「え……姉上が、学年一位……？」

夕食時、後期の中間試験の結果を聞き、サウリは何食わぬ顔の姉を凝視する。

サウリはここ数日ずっと思い悩み、試験は何とかギリギリ上位に食い込んだ。

「ええっ？　いつも真ん中くらいなのに、そんなに一気に上がるものなんですか？」

アイニの無邪気な驚きに、我に返る。そうだ、そんなのおかしい。

「そんな訳ない、姉上まさか何か不正を……」

「やめなさい、サウリ」

しかしそれを止めたのは父であるメリカント侯爵だった。

（ああ、そうか……）

あの日見た執務室。

父はずっと、知っていたのだ。

夕食後、「自分が話すから」と止める母を振り切り、ベルナルデッタと父が入った執務室の前で待った。

何の話をしているのかは聞こえなかったが、出てきたベルナルデッタの真《ま》っ直《す》ぐなストロベリーピンクの目を見て、察した。姉はもう、不出来なふりをするのを止《や》めたのだ。

「聞き耳を立てていたの？」

常に下を向きがちで家の中では皆に遠慮をしていたベルナルデッタとは思えない、高圧的な物言いだった。

「違います、今日は僕が父上に呼ばれて教えを請《こ》う日です」

父と執務室に入る権利を持っているのは自分だと、言い返すもベルナルデッタの表情は動かない。

「サウリ、ピナルディ地方はどうでした？」

「え？」

「行ったのでしょう？　先日お父様に付いて。その前にお父様から教わった上で」

確かに行った。

初めての視察に同行させてもらえ、浮き足立つ心でしっかりと見てきた。

「み、緑豊かな場所でしたよ。名産の小麦も順調に育っていましたし……」

「冷害対策は？」

「冷害？」

矢継《やっ》ぎ早《ばや》に投げかけられる質問に、頭が追い付かない。知らない。習ってない。まだその段階にはない。

戸惑《とまど》うサウリを見て、姉は目を細めて小首を傾げた。

「そんな事も、分からないの？」

（僕は、僕は本当に何も、分かっていなかった…………）

姉は天才だった。

そんな事は、とっくに知っていた。知っていて、知らないふりを続けていた。

母が自分を跡継ぎに強引に推《お》すのも、父が母に負い目がある事と男社会に姉を出す気がないせいで姉の才能を見て見ぬふりをした事も分かっていながら、それに甘んじていた。

勉強は苦ではなかったから、授業を聞けば大体分かったし、成績も良かったので、このくらいやればいいだろうと高《たか》を括《くく》っていた。

姉は、いや姉だけではない。

王太子もセラフィーナも、そしてあのサンドラもサウリより遥か高みにいた。

学園の成績がいい程度の自分では、おそらく学園を卒業すれば対話する事すらできない存在だった。

「サウリくんは本当に頭がいいね」

可愛いアイニの可愛い笑顔で誉《ほ》められても、何一つ嬉しく思えなかった。

アイニの事を、可愛いとも、好ましいとも思った気持ちは本当だった。初めて感じた愛おしいという気持ちに嘘《うそ》はなかった。

だが、姉の才能と自分の未熟さを改めて知ったサウリにとっては、それは些末《さまつ》な事になった。

姉はその後も首席を取り続け、卒業後は王宮官吏となる事が決まった。侍女ではない、政治部署の官吏だ。

（姉さんは多分、侯爵家の当主になるおつもりだ）

男社会である事には変わりないから難しいだろうが、今のベルナルデッタに不可能な事ではなく思えた。

だからと言って、サウリも易々《やすやす》と譲るつもりはない。サウリはまだ卒業まであと二年ある。

もっともっと、真剣に、深く学ぶのだ。

当主の座を争うため、ではない。

あのストロベリーピンクの光を正面から受け止めるために。

五　子爵令息　ジェラルド・マケライネンの決心

「お前は本当に軟弱《なんじゃく》だな」

「こんなに体が弱くて、将来が心配だわ」

「マケライネンの家系は皆体は強いはずなのになぁ」

ジェラルド・マケライネンは生まれつき呼吸器官が弱かった。運動をするとすぐに息が苦しくなるので、体も小さく虚弱《きょじゃく》であった。それだけならば、成長していくにしたがって徐々に強くなっていくので気にするほどの事ではなかったが、ジェラルドの生家であるマケライネン子爵家《ししゃくけ》は領地持ちの貴族としては珍《めずら》しく、多くの騎士を輩出《はいしゅつ》する家門だった。

マケライネン家の男たちは総じて体が大きく力も強かったため、ジェラルドの存在は浮いていた。母はとにかく心配し、父がマケライネン家に虚弱体質はいないのにと言うので、自分のせいかと自らを責めていた。親戚にも虚弱な子がいなかったので扱いに困っていたし、何よりも四つ上の兄のオルヴァといつも比較された。

オルヴァは、マケライネン家の男を絵に描いたように同世代の中でも飛びぬけて体格がよく、力も強く、幼《おさな》い頃から剣に興味を持っていた。その分父と同じく、自分を中心に物事を考える傾向があり、他者への思いやりが足りないと言うか、想像力が足りないと言うか、まぁ無神経だった。

「こんな事も出来ないのか」

「何だその走りは。歩いた方が早いぞ」

「いつまで経《た》っても大きくならないな」

「お前は本当に軟弱だな」

四歳という年の差もあって、オルヴァに敵《かな》う事は何一つなく、常にジェラルドは『オルヴァの下』であった。

(仕方ない……。兄様は大きくて強くて……僕が健康になっても、兄様に力で敵うことはないだろう)

ジェラルドは初等部に入る頃には発作は出なくなっていたが、それでも今から兄に追いつけるとは思えなかった。

ジェラルドが初等部に入ったと同時に、兄のオルヴァが婚約した。

相手は同じ子爵家であるアルディーニ家の長女であるサンドラという少女だった。年はオルヴァの一つ下で、ジェラルドの三つ上となる十二歳だから、まだジェラルドと同じ初等部にいるはずだ。

「とても賢くて可愛《かわい》いお嬢さんなんですよ」

夕食の時、母がそう言うのにオルヴァは顔を顰《しか》めていた。

「顔は可愛いかもしれないけど、気が強くて、態度も大きい女だった」

「ハッハッ、アルディーニ家は新しい子爵家だし商売っ気が多いからな。商人気質なのだろう」

　父はおかしげに笑った。

（アルディーニ家の名は聞いた事がある……。確か服飾とかを中心に手広く商売をしている家だ）

　なるほど、歴史ばかり古くて領地持ちだが細々とやっているマケライネン家が婚姻《こんいん》を結ぶには、うってつけの家柄だ。

「年も下なのに、俺に意見してきました！　生意気な女です！」

「ハハハ、そういった女性の手綱《たづな》を握ってこそ、立派な男になるのだ」

　豪快に笑う父に、母は何も言わず微笑《ほほえ》んでいた。これがいつものマケライネン家だった。

（兄様の婚約者か……）

　やがてマケライネン家の女主人となり、自分の義理の姉となる女性だ。いずれ会うだろう義姉を思い浮かべ、出来れば兄様みたいな武闘派じゃない方がいいな、とジェラルドは思った。

　そしてその機会はすぐに訪れた。

　学園が休みの日、ジェラルドが家でゆっくりと本を読んでいたら、何やら玄関の方が騒がしくなった。見に行くと、母が慌《あわ》てて客人を出迎えているのが見えた。

「まあ！　サンドラ嬢、わざわざいらしていただくなんて！」

（サンドラ……兄様の婚約者の人だ）

でも何で家に？

「いえ、約束の時間を過ぎてもいらっしゃらないので、お体でも悪くなさったのかと図々しくもお伺いしたのですが」

「誰か、オルヴァを呼んできてちょうだい」

母が使用人に指示をするが、皆困ったように顔を見合わせて動かない。それもそうだろう。

「兄様でしたら、今朝《けさ》早くに騎士団の演習の見学に行くんだと出掛けられて行きましたよ」

朝早くにドタバタと出掛けていった兄の事を報告すると、目を見開く母の後ろで、金髪でエメラルドのようにキラキラした瞳の少女がこちらを見た。

「それは本当なのっ？」

使用人を振り返って叫び、気まずげに返事をされた母は「何てこと……」と頭を抱えた後、サンドラに向き直った。

「ごめんなさいね、サンドラ様。オルヴァには後できつく言っておきますから、よろしければ私とお茶会でもいかがかしら？」

「いえ、ご夫人もお忙しいでしょう。そういう事でしたら……そちらの、弟君にお相手していただきたいですわ」

吊《つ》り目がちな大きな瞳が、バチリと再びジェラルドを捕らえた。

「いずれ姉弟《きょうだい》になるのですもの、交流を深めておくのもよろしいのではなくて？」

「まあ。ジェラルド、お相手出来ますね？」

「はい！」

ジェラルドは自分でも驚くほどはっきりと返事をしていた。

サンドラは金色の髪をくるくると巻き、白地に赤い花柄の刺繍《ししゅう》の入ったデイドレスを着ていた。聞けば今日は、オルヴァと近くの丘にピクニックデートの予定だったらしい。

「兄が申し訳ございません」

ジェラルドが謝るが、サンドラはツンと顎《あご》を上げ、その謝罪を払いのけた。

「謝罪は貴方《あなた》のお兄様から直接いただくから結構よ。それよりもせっかくの機会ですもの。もっと楽しいお話をしましょう？」

さきほどの母上に対してもそうだったが、物怖《ものお》じせずにずいぶんハキハキ喋《しゃべ》る人だな、というのが最初の印象だった。ジェラルドが知る貴族の女性というのは、母のように夫を立て、前には出ない人が多かった。

サンドラはジェラルドの事を情報として知ってはいたようで、初等部に入ったばかりだが学園はどうかなど質問をされ、兄の婚約者と言うよりは学園の先輩と話している感じだった。本来であれば、男であるジェラルドが会話を上手《うま》く回さないといけないのだが、サンドラは話し上手だった。

初等部の行事や教師の話など、ジェラルドの興味の湧《わ》く話をしてくれ、兄の不手際のお詫《わ》びのはずのお茶会はただただ楽しかった。

「あら、その本は……」

途中、サンドラはジェラルドが持っていた本に目を止め話題を振ってくれた。

「あ、はい。鉱石の本です」

「まあ、それはマケライネン家が鉱山をお持ちだから？」

「いえ、まぁそれもあるのですが、読んでいく内に純粋に楽しくなってしまっています」

きっかけは確かに領地に鉱山があるのだから勉強しておこうと思ったからだが、読んでいる内にどんどんと鉱石の魅力にハマっていったのだ。

「そう。何にせよ、知識を得るのは大切な事ですわ」

サンドラの言葉に、ジェラルドは俯《うつむ》いた。

「僕はこの通り、貧弱でとても騎士にはなれないでしょうから……」

するとサンドラは不思議そうに首を傾《かし》げた。

「どこかお悪いのですの？」

「あ、小さい頃は肺が弱くて……。それはもうほとんど治ったのですが、相変わらず貧弱なので……」

自分の細い腕が恥ずかしくなって、袖を引っ張りながら下を向くジェラルドをサンドラは上から下までまじまじと見た。

「さほどか弱くは見えませんが……白や淡い色のお洋服が映《は》えそうですわ。それにまだ初等部に入ったばかりで、成長期はこれからではありませんか」

「でも兄様が僕くらいの年にはもう……」

ますます縮こまるジェラルドの耳に、サンドラの軽やかな笑い声が聞こえてきた。

「いやですわ。兄弟とは言え別の人間ですのに、同じに考えてどうしますの？」

「え……」

顔を上げると、十二歳にしては大人びた表情をしたサンドラが、可笑《おか》しそうに笑っていた。

「ジェラルド様はオルヴァ様とは違うのですから、成長速度も違いますでしょうし、何が得意かも違うでしょう？」

父や親戚からもマケライネン家の男は騎士になるのが当然で、それ以外は出来損ないのように言われてきた。

「何が長所かは、その人によりますわ。その上で、ご自分の責務に努めればよいのですから、ジェラルド様も騎士以外の道も考えてみられては？」

サンドラから見れば、せっかく素晴らしい領地を持っているのにマケライネン家の男子が一度騎士を経由する意味がよく分からないらしい。特に自身の婚約者であるオルヴァが騎士道一直線なのが、本当に理解出来なくて困っている。だからあまり騎士になる事に積極的ではなく、本を好むというのならそれはそれでいいと思ったから言っただけと言われた。

それでも、いつも母に心配をかけ、父にため息を吐《つ》かれ、兄に侮《あなど》られていた少年は、心の中に宝物を手に入れた。

「……はい。いずれ兄様とサンドラ様が領地を継がれた時に、きっとお役に立てるように励みます」

この時は心からそう思った。

その五年後に、兄と聖女見習いが出会うまでは。


高等部に進んだオルヴァは相変わらず騎士の道一辺倒だったが、騎士としての力量はあったらしく一年下の王太子の学内での護衛に指名された。と言っても、本人も授業があるので護衛見習いとして休み時間などを共にする程度だが。それでも兄も父も栄誉な事だと舞い上がっていた。これはまたサンドラの負担が増えるのではとジェラルドは密《ひそ》かに思っていたが、それどころではない事が起きた。

オルヴァが三年、サンドラが二年、ジェラルドは中等部二年になって少し経った頃、王立学園が、いや貴族界が震撼《しんかん》するような出来事が起きた。

『聖女』が現れたのだ。

正確には、聖女〝見習い〟。

聖女とは、『光魔法』の遣《つか》い手《て》である女性の事を言う。

この国における魔法と言うのは、奇跡に近いものであり、魔力のある者は多いが魔法として使える者はごくわずかしかいない。中でも光魔法は、〝浄化〟や〝鎮静〟の力がある。この国で恐れられている〝呪術《じゅじゅつ》〟と呼ばれる〝闇魔法〟に唯一対抗出来る貴重な能力だった。そしてその力を持つ者は極稀《ごくまれ》であった。

滅多に現れない聖女の出現に、教会関係者は沸《わ》いた。

そんな中、宰相《さいしょう》であるメリカント侯爵家《こうしゃくけ》が後見人に名乗りを上げ、田舎《いなか》の男爵家《だんしゃくけ》の庶子《しょし》だった聖女見習いの教育を引き受けたらしい。

親教会派ではあるものの、国の政治の中枢《ちゅうすう》を担《にな》うメリカント家とあって、とりあえず聖女の存在が貴族界の揉《も》め事《ごと》になる事は防げた。聖女は教会の象徴《しょうちょう》でもあるので、正式に教会入りをするまでに貴族界で諍《いさか》いの元になってはまずいのだ。

しかし、教育を終えたらしい聖女が学園に編入して、彼女が学園生活を送りだすと貴族界の大人たちも静観していられなくなってきた。

オルヴァはジェラルドよりも四つも上の兄であるし、跡継ぎだ。

ジェラルドはオルヴァを支える立場であるし、今はまだ中等部の生徒で高等部の事に口を出す権利はない。それでも伝え聞く聖女見習いと兄の学園での振舞《ふるま》いに我慢できなかったジェラルドは、帰宅する兄を玄関で待ち構えていた。

「兄様、またサンドラ様との約束を破ったそうですね」

帰って早々弟に咎《とが》められ、オルヴァの眉《まゆ》が思い切り不機嫌にひそめられる。

「何だ急に。お前に関係ないだろう」

「あります。兄様にすっぽかされたサンドラ様に謝罪して埋め合わせをさせていただいたのは僕ですよ」

初対面のピクニックデートのすっぽかし以降も、兄はサンドラとの約束に遅刻したり、反故《ほご》にしていなくなる事が何度もあったのだが、最近は特に多い。しかもサンドラに伝えてもいない事が多く、その都度家まで迎えに来てくれたサンドラの相手をお詫びにジェラルドが務める事が多々あった。

「そんなの頼んでないだろ。ほっとけよ」

「そうもいきません！　サンドラ様との婚約は、マケライネン家の事なのですよ！」

何度も繰り返した言葉だが、今回もオルヴァは面倒そうに使用人に荷物を押し付けて行ってしまう。中等部生となり、背も伸び発作も出なくなったジェラルドだが、四つ上の兄にとっては変わらずひ弱な弟で、そんな弟の言葉など聞こうともしない。

高等部に入ってサンドラはますます美しさに磨きがかかり、見るたびに新しい装飾品を身に付けその姿を輝かせていた。

ジェラルドはこの胸にある想いは、兄の婚約者に抱《いだ》くには相応《ふさわ》しくないものだという事はもう自覚していた。家のためにも、サンドラは次期子爵となるオルヴァと結ばれた方がいい。それも分かっていた。

それでも、そう簡単に割り切れるものでもない事も、身をもって知っていた。

⁂

そんな事が続いたある日、マケライネン家に事件が起こった。

父が愛人を外に囲っていた事が判明したのだ。

平和だったマケライネン家の屋敷内に大きな音が鳴り響き、父の大事にしていた飛空船の模型は母により粉々に砕《くだ》かれた。

「今まで直情すぎる気質と無神経な所はございますが、誠実なお方だと思ってお仕えしておりましたが……見込み違いでした」

「お、落ち着け！　そんなに騒ぐほどの事ではないだろう。この家の女主人はお前に代わりはないのだから」

父は慌てていたが、騎士としての経験からか努めていつも通りに見える態度で母を宥《なだ》めていた。何でもない事のように話を持って行きたいのだ。それに対して、母は一言だけ発した。

「……………汚《けが》らわしい」

ぼそり、と消え入りそうだったはずのその声は、その場にいた全ての人間の耳に届いた。

今までずっと父の後ろで、穏やかに微笑んでいた母の鬼の形相《ぎょうそう》を、ジェラルドは忘れる事はないだろう。

あわや離婚の危機であったが、父が愛人と手を切り、誠心誠意母に謝り倒した事で、何とか夫婦関係は持ち直したらしい。

穏やかで控えめだと思っていた母の新たな面を見たが、ジェラルドはこれを好機と見た。

兄が自分の言葉を聞かないのならば聞かざるを得ない状況で言うまでだ、とジェラルドは家族が揃《そろ》った夕食時に再びその話を持ち出した。

「兄様は最近、聖女見習いの生徒とばかりご一緒にいらっしゃるそうですね」

「！　バッ……おま……っ！」

オルヴァが慌てて止めようとして、口に入った物を飲み込もうとするが間に合わない。大口を開けて入れた瞬間を狙ったのだから当然ではあるが。

「まあ……そうなの？」

母が眉をひそめて尋ねるが、オルヴァはまだ胸につっかえた肉と格闘しているのでジェラルドが代わりに答えた。

「はい、昼食もお茶も、毎日ご一緒しているとか。中等部にまで噂《うわさ》が回ってくるのですから、既《すで》にかなりの人が目撃している事実なのでしょう」

ようやく肉を飲み込み終わったオルヴァが余計な事を言うなというように睨《にら》んでくるが、気付かないふりをした。

「本当なのか、オルヴァ」

「昼食もお茶も殿下《でんか》も一緒です！　俺はあくまで付き添いです！」

父の質問に、オルヴァが慌てて答えるので、ジェラルドはそっぽを向いたまま追撃した。

「殿下がいらっしゃらない時でも一緒の姿をよく見ると聞きましたが」

再び睨まれる気配がしたが、嘘《うそ》は言っていない。

「オルヴァ、相手は聖女見習いの上に貴方は婚約者のいる身ですよ。他の女子生徒と親しくしすぎるのは不誠実ですよ」

母にチラリと視線を送られた父がワインに噎《む》せている。

「彼女とはそんなんじゃありません」

そうは言っても、ジェラルドは聖女見習いを注意するサンドラをオルヴァが罵《ののし》ったという話も聞いている。

「まぁ確かにうちは王室派であるから、あまり教会関係者と親しくなるのは問題だが、殿下も一緒ならまぁ、ほどほどにしておきなさい」

父のその軽い窘《たしな》め程度でオルヴァがまともに考え直すはずもなく、むしろ殿下を止めるべき立場なのに「殿下も一緒なのだからいいだろう」と増長した。

高等部の様子はなかなか分からないが、ジェラルドの耳にはその後もオルヴァがサンドラを邪険《じゃけん》にし、聖女見習いに傾倒しているという噂が入ってきた。

その都度、サンドラがどれだけ心を痛めているかと思っていたが、同時にもしかしたら、サンドラはその内オルヴァに愛想を尽かして婚約を破棄するかもしれないと考えた。そうすれば自分にもチャンスがあるのかもしれない。

自分は次男で体も弱かったから、跡目争いの火種すらもなかったが、必ず長子が継がなければならないという決まりはない。

そんな淡い期待を抱いたジェラルドを打ち砕いたのも、またサンドラであった。

「あら、ジェラルド様。お久しぶりですわね」

中高の校舎の境目にある中庭で、偶然サンドラに会った。と言うか、もしかして会えるかも、姿が見えるかもとジェラルドがこの道を通る事を日課にしていたので、必然かもしれない。

「サンドラ様、お久しぶりです。素敵な髪飾りですね、その飾りはペリドットですか？」

今日のサンドラは巻き髪を二つに分けて束ねており、その両方に小さめの髪飾りが輝いていた。

「そうですわ。ガリレイの新作ですの、素敵でしょう？」

「あのガリレイの！　販路が限られていると聞きましたが、もしかしてアルディーニ家で？」

「ええ、交渉は困難でしたが、何とかこぎつけましたわ！」

自信満々に胸を張るサンドラに、ジェラルドが目を見張る。

「え、まさかサンドラ様が交渉を……？」

ガリレイと言えば今王都で大人気の宝石装飾職人だ。新鋭ではあるが気難しくて、一部の業者としかやり取りをしない事で有名なのだが。

「お兄様に付いてですが、わたくしもお話しさせていただきましたの。最初は取り合ってもらえませんでしたが、わたくしがガリレイさんの装飾がいかにドレスに合うかなどをご説明させていただきましたら、耳を傾けていただけるようになりましたの」

「すごい……」

心からの感嘆だったが、サンドラはそれを当然のように受け止めて言った。

「うふふ、自ら動いて手に入れた物はまた格別ですわ」

「！」

サンドラはこの後のお茶会で、この髪飾りを宣伝しまくるのだと言って颯爽《さっそう》と去って行った。

その後ろ姿は、婚約者に邪険にされて嘆いている令嬢などではなかった。

「お？　ジェラルドじゃないか！」

「え？　あ、もしかしてオルヴァさんの弟さんですか？」

サンドラが去った方角を眺めていると、今度はオルヴァがピンクブロンドの令嬢と共に現れた。同じ高等部なのだから、こちらにも会う可能性がある事を忘れていた。

「ああ、弟のジェラルドだ。ジェラルド、こちらが聖女見習いのアイニ・ミッコラ男爵令嬢だ」

「初めまして！　仲良くしてくれると嬉《うれ》しいです！　オルヴァさんとはあんまり似てないんだね」

ニコニコと親し気に……不躾《ぶしつけ》に手を差し出してくる聖女見習い、アイニを間近で見たのは初めてだったが、ジェラルドはニコリと笑って距離を取ったまま礼をした。

（なんだ、兄様が可愛い可愛いと言うからどれほどのものかと思ったら……サンドラ様の方が百倍可愛いじゃないか）

「まったく、クソ真面目《まじめ》な弟なんだよ」

差し出した手を取られなかったのにきょとんとするアイニにオルヴァがフォローしている。

そんな心遣いが出来るならもっとサンドラにも気を遣えと、無意識にサンドラの去った方を見たら、それに気付いたらしいアイニとオルヴァもそちらを向く。

「あ、あれってサンドラ様？」

「あー、まぁた装飾品の話ばかりのお茶会でもやるんだろ」

つまらなそうに言う兄は、まだ家の事業に一切関わっていない若輩者《じゃくはいもの》だ。大きな契約を取るサポートをし、その宣伝に励むサンドラを否定できる要素があるのだろうか。

　こんな男に、あのサンドラが嫁がなければならないのか、と思ったジェラルドの脳裏《のうり》にさきほどのサンドラの笑い声が響いた。

『自ら動いて手に入れた物はまた格別ですわ』

「……私は用がありますので、失礼します」

　それだけ言うと、兄も聖女見習いも振り返らず、ジェラルドは走り出した。

（そうだ、何を勘違いしていたんだ。見くびっていたんだ）

　サンドラ・アルディーニは、待っているだけで手に入るような女性ではない。

（自分で、動かなければ……！）

　それからのジェラルドの行動は早かった。

　サンドラの好むであろう装飾品を探し集め、予定を調べた。

　オルヴァが相変わらず聖女見習いにくっついているのを母に告げ、自分がサンドラを慕《した》っていて領主の勉強もしている事も訴えた。父に話すよりも母を抱き込んだ方が早いし、先日の愛人騒動で父は母に頭が上がらなくなった。そして、母は不誠実な男への嫌悪感が強い。

　案《あん》の定《じょう》母は、跡継ぎについては難色を示したが、オルヴァがまだ聖女見習いに熱を上げているサンドラをないがしろにしている事には怒りをあらわにした。母がサンドラ自身を好ましく思っている事も効いた。

「判断はサンドラ様に委《ゆだ》ねます。サンドラ様が僕を拒否されるのなら、諦《あきら》めます。だから母様、僕にチャンスをください」

⁂

　そしてジェラルドにとっては都合がいいことに、オルヴァがまたサンドラとの約束を違《たが》え、その代理をジェラルドに押し付けてきた。

「ティルゲル伯爵《はくしやく》夫人のガーデンパーティ……ですか？」

「ああ、つまらない、女ばっかりのパーティだよ。サンドラが誘われたんだから一人で行けばいいのに、俺に同伴しろって言ってたんだよ。お前代わりに頼むよ」

（ティルゲル伯爵夫人と言えば、アクセサリーブランドで影響力のある方じゃないか……。あ、この間のガリレイとの取引に成功したから……？）

　ティルゲル伯爵夫人のパーティなんて、服飾装飾関係に携《たずさ》わる者なら誰もが参加したいほどの貴重な会だ。鉱山を持つマケライネン家としても参加しておいて損はない。

（だからこそ、サンドラ様は兄様に声を掛けてくださったんだろう……）

　それを他の女との買い物に行くからとすっぽかすつもりなのだ、この男は。

「あ、うるさいから当日までサンドラには言うなよ。殿下の付き添いでもあるんだから、仕方ないのに、うるさいんだよアイツ」

（学園の外ならばちゃんとした護衛がいるだろうに。要は殿下と聖女見習いを二人きりにしたくないだけでしょ）

だが、ジェラルドにとっては好都合と言う他なかった。

準備は着々と整っている。

ここはサンドラが驚くようなプレゼントを用意して、自分を売り込むチャンスだ。

「うん、分かったよ兄様。僕にまかせて」

サンドラ様は、僕が幸せにするから。

それから、母の伝手《つて》を使いティルゲルブランドの初期の作品を手に入れる事が出来た。物にはこだわり、サンドラの瞳と同じ色のエメラルドのブローチが二つ。サンドラとジェラルドの分だ。これならば、サンドラも一緒に付けてくれるはずだ。

当日迎えに行くと、サンドラはとても驚いていたが、またかとため息を吐いた。それほどまでに、オルヴァはサンドラに期待されていない。逸《はや》る気持ちを抑え、まずはプレゼントを渡し、ガーデンパーティで立派なパートナーを務める事に従事した。

「素晴らしかったわ、ジェラルド様！」

帰りの馬車で、サンドラは紅色した頬《ほお》で満面の笑みだった。

「ティルゲル伯爵夫人もこのブローチには感動してくださっていましたし、有意義な話が沢山出来ましたわ」

「いえ、こちらこそマケライネンの持つ鉱山の石にも興味を持っていただけたので、サンドラ様に父からもお礼を言わせていただかなくてはいけません」

パーティは終始上手くいった。

ティルゲル伯爵夫人はサンドラの事もジェラルドの事もとても気に入ってくれて、仮のパートナーである事は告げていたので、今度はジェラルドにも招待状を送ると言ってくださった。マケライネン家の鉱山は小さいが、質のよい石が採《と》れる事にも興味を持ってくれたので、今後のよい展開も期待できる。

「オルヴァ様ではこうはいきませんでしたわ」

「サンドラ様！」

上機嫌のサンドラからオルヴァの名前が出て、ジェラルドは背筋を伸ばす。

意を決した声に、サンドラが今までと様子が違うと気付きピタリとお喋りを止《や》めてジェラルドを見た。

「パーティの後に、お時間をいただけるという話でしたが……」

「ええ、もちろんですわ。約束ですし、パーティではとても助かりましたもの。いくらでも」

他意はないと思っていても、そんな言われ方をしては十四歳のジェラルドの胸の鼓動は早くなる一方だ。顔に集まる熱を抑えつつ、どうにか目的地に着いたらしい馬車から降りて、サンドラへ手を差し出す。

「御者に回り道をするように頼んでいたのです。どうぞ」

怪訝《けげん》な顔をしながらも降りるサンドラをエスコートする。

「まあ……」

小高い丘のその場所からは、太陽の光を浴びエメラルドグリーンの海がキラキラと輝いているのが見えた。

「このブローチと同じ、サンドラ様の……輝く瞳のお色です」

「素敵……。お兄様に付いて港には行くけれど、こうして広く見渡すのは初めてですわ」

エメラルドグリーンの瞳を細めるサンドラの顔を見て、ジェラルドは再び深呼吸をして膝をついた。

「サンドラ様……貴女《あなた》は宝石よりも海よりも太陽よりも輝く女性です。どうかその輝きに、求婚する許しをくださいませんでしょうか？」

サンドラは最初に目を見開き、一度唇をくっと結んだ後、静かな声で答えた。

「それは……オルヴァ様から家督《かとく》を奪うという事ですか？」

冷静な、理知的な実業家の女性の目だ。

それでこそ、ジェラルドの太陽だ。

「いいえ……と言っては嘘になります。今の兄様にマケライネン家をまかせる訳にはいかないので、ゆくゆくは私が家督を継ぐ可能性もあります。ですが、そうなろうとなるまいと、私はサンドラ様の隣にありたいと思います」

「まあ……」

そこで初めて、サンドラが少し頬を赤らめた。

「……わたくしのようにキツイ女は、親が決めた相手じゃないと結婚できないと言われましたわ」

「サンドラ様はいつだって公平で気高くあらせられるだけです。誰です、そんな事を言ったのは」

「うちの兄と貴方の兄ですわ」

「あとで土下座させましょう」

「まあ、うふふ」

ジェラルドが成人済みのサンドラの兄にもオルヴァにも敵うわけがない事は分かっているが、即答するジェラルドに思わず笑みをこぼした。

ひとしきり笑った後、サンドラがポツリと言った。

「少し……時間をいただけるかしら」

「もちろんです」

今ここで断られても仕方がないのに、猶予《ゆうよ》が貰《もら》えただけでも上出来だ。

まだサンドラは、オルヴァが聖女見習いと街に出掛けた事を知らない。サンドラの名誉が傷付くのは業腹《ごうはら》だが、今ここでそれをサンドラに告げるのはジェラルドの得にはならないので黙っておく。

明日以降、また事態は動くはずだ。

だから今日は、サンドラと楽しい思い出を作る事だけにジェラルドは集中した。

⁂

果たしてジェラルドの思い通り、オルヴァと聖女見習い（と殿下）の外出を知ったサンドラは激怒し、更にそこに聖女対次期王妃であるセラフィーナという騒動まで起きて、数日は中等部の方まで大騒ぎだった。

そして数日後、オルヴァの留守を見計らい、サンドラとサンドラの父親であるアルディーニ子爵がマケライネン家にやって来た。

「ご無沙汰《ぶさた》しております、マケライネン子爵、子爵夫人。急な訪問失礼いたす」

「いやいや、こちらこそ、わざわざご足労かけました」

挨拶《あいさつ》を終え、席に着いた両子爵とマケライネン子爵夫人、そしてサンドラとジェラルドは早速本題に入る。

「こちらの書類に目を通してご了承いただけたらサインをいただきたいのですが」

アルディーニ子爵が差し出したのは、オルヴァとサンドラの婚約解消申請書類だ。

マケライネン子爵とジェラルドが同時に、そして真逆の表情で顔を上げる。

「これは……しかし……」

「いや私もね、婚約は家同士の話であるとは思うものの、この子らも子供と言えど成人前の高等部生でしょう？　それなりに意見は聞きたいと思いましてね」

「ですが、それではマケライネンとの取引は……」

「ああ、それは問題ありません。なあ、ジェラルドくん」

サンドラとよく似たエメラルドグリーンに視線を向けられ、ジェラルドは浮足立つ自分を抑えながら「はい！」と返事をした。隠しきれていない喜びに、サンドラがクスクスと笑った。

「ジェラルド、お前まさか……」

「ジェラルド、成就《じょうじゅ》したのですね！」

両親が同時に言うのに、ジェラルドは両方に笑顔で頷《うなず》いた。

「ジェラルドくんがサンドラを好いてくれているので、マケライネン家との取引には変わりはないでしょう。家督に関してはうちは関与しませんので、そちらで話し合って下さい。ジェラルドくんに継《つ》がせるもいいし、オルヴァにサンドラ並みに賢く社交界と商売に強い嫁を探すのでもいいでしょう」

「それは……しかしオルヴァは長男で、今までも嫡子《ちゃくし》として育てておりましたから急には……。うちのオルヴァが何か粗相《そそう》をしたならともかく……」

「あなた」

みなまで言う前に、子爵夫人が夫の腕にそっと手を添えて止めた。

「私は聞いております。不誠実な男に、サンドラ嬢はもったいないのですよ」

母を先に味方に付けておいて本当によかったと、ジェラルドは改めて思った。

かくして、オルヴァとサンドラの婚約は解消され、ジェラルドとサンドラの婚約が結び直された。

　この事はもちろんオルヴァにも告げられた。

「は!?　なぜ俺が婚約を解消されないといけないんですか！　しかも解消後にジェラルドと婚約だと!?　お前、兄の婚約者に横恋慕《よこれんぼ》するなんてどういう了見だ！」

　サンドラの事は気に入っていなかったとは言っていたが、さすがにあちらから解消されるのと、更に弟にその座を奪われる事にはプライドが傷付いたのか、オルヴァは声を荒らげた。いや、サンドラというオルヴァに足りない部分を補える家柄と才覚を持つ婚約者を弟に取られた事で、後継者としての立場が危うくなった事に気付いてかもしれない。

「オルヴァ、みっともなく騒ぐのではありません。これはあなたが招いた事でもあります」

　ぴしゃりと母に窘められ、父親にも「もう決めた事だ」と宣言されたオルヴァは、渋々書類にサインをしたが、その後もジェラルドにグチグチ文句を言ってきていた。しかしジェラルドは初恋が実った喜びでそれどころではない。

「大好きな聖女見習いと、これからは人目を気にせずベタベタ出来るのでよいではありませんか」

　元々人目は気にしてなかった気もするが、感謝されてもいいくらいだ。

　サンドラは、冷静な目でジェラルドを政略結婚の相手として選んでくれたに過ぎない事も知っていた。

「わたくしはセラフィーナ様にお仕えするつもりですから、ジェラルド様の子爵家の家督争いには加勢出来ませんよ」

　そう告げられても、お仕えする方を決めて更に輝きを増したサンドラは美しいと思った。

「問題ありません。マケライネン家のためにどうすべきかは、マケライネン家で相談します。私はサンドラ様の真《ま》っ直《す》ぐな心根が好ましく思っていますから。貴女の夢の支えになりたいです」

「ふふ、ジェラルド様はお上手ね。とても中等部生とは思えませんわ」

　サンドラはジェラルドの言葉を半分くらいしか信じてくれていないのも感じたが、そんな事は問題ではなかった。

　サンドラの隣で一生を添《そ》い遂《と》げられる権利を得たのだ。

　一生を掛けて、サンドラに想いを告げ続けられるのだから。

六　隣国公子　リュシアン・バルリエの留学

リュシアンが隣国であるハルヴァルへ留学してきたのは、十七になる年だった。この国では、高等部二年の年齢だ。

リュシオン自身も自国トリニアの公爵家《こうしやくけ》の子息《しそく》であるので、自国の学園生活を送る必要もある。そのため最初は一年の予定で高等部の中間となる年だけを他国で過ごす事になった。

リュシアンの生家であるバルリエ公爵家には三人の息子《むすこ》がおり、リュシアンはその末っ子になる。公爵家は兄が継《つ》ぐし、その補佐も次兄がするだろう。そんな訳で、比較的自由の身であるリュシアンは、公爵家の人間として自国の発展のために他国で学ぶ事を考えた。

最初の候補にハルヴァルは入っていなかった。

なぜならリュシアンの住むトリニアは技術国家であるのに対し、ハルヴァルは気候と地形に恵まれた国土を持っている事から、食料や燃料の生産で豊かな国だったからだ。

「真逆だからこそ、学ぶものが多いだろう」

兄にそう言われ、食料自給率の高い国である事からも仲良くしておくべきだという父の後押しもあり、結局留学先が決められてしまった。

「ついでにお嫁さん候補も見つけてくるといい」

ハルヴァルに旅立つ前、長兄《ちょうけい》に言われた。

王家の傍系《ぼうけい》である公爵家でありながら、リュシアンには未《いま》だ婚約者がいなかった。

基本的に上級貴族は幼少期から婚約者を決めておくが、上二人と少し年が離れているのもあってリュシアンに対しては様子を見ていたようなのだが、おかげで問題が起こっていた。

「リュシアンはこの見た目と当たりの柔らかさで誤解する女性が多いから、侮《あなど》られた婚約申し込みが多いからなぁ。他国の上級貴族の娘さんを貰《もら》うのもありかもな」

「ひどい言い草ですが、それは僕のせいですかね？」

公爵家ともなれば普通ならおいそれと近付ける人物ではないのだが、リュシアンは幼《おさな》い頃から年の離れた三男という立ち位置のせいか周囲をよく見て行動する子供で、その上整ってはいるが穏やかな顔立ちと佇《たたず》まいで気安い態度から、家位に関係なく友人が多かった。それ故に、「いける」と勘違いするご令嬢並びにその保護者の方々が続出してしまった。

バルリエ家としてもリュシアンにはある程度の自由を与えたいが、だからと言ってあまりに舐《な》めた態度で来られるのも格式的に困る。何よりも当のリュシアンが誰の手も取らなかったので、未だに婚約者の席は空いていた。

「お前は見かけによらず頑固で人の好き嫌いが激しいからな」

次兄《じけい》の言葉に、リュシアンは苦笑だけを返しておいた。

正直なところ、リュシアンはあまり女性が得意ではなかった。

着飾って甘い匂《にお》いをさせ、すり寄ってくる割にはこちらを見定めるようなあの目。リュシアンは公子《こうし》として幼い頃から父や兄を見習い、国の未来の事を考えていたが、そういった話をしても「すごいです」「さすがです」ばかりで、稀《まれ》に「教えてください」と請《こ》われて教えても、一向に身に付かず毎回同じ事を質問してくる令嬢が多くて辟易《へきえき》していた。

だからどうせ、国外に出ても同じだろうと思って何の期待もしていなかった。

⁂

ハルヴァル王立学園は、初等部から中、高と全て同じ敷地内に校舎があるだけあって広大な面積を誇り設備も充実している。リュシアンのトリニアの国の学校は学部によって小さな校舎がいくつもある形なので、規模の違いには驚いた。

（正直魔導具の形式とかは古いけれど、土地と金はあるみたいだな）

本などで学ぶのと実際に見るのでは違うものだ、とリュシアンは少し悔《く》い改めた。ハルヴァルは技術力は大した事がないと思っていたが、なかなかどうして、トリニアとは別角度からの発想で進化している部分もあり興味深かった。

（これはなかなか有意義な留学経験になるかもな）

ハルヴァルに来てリュシアンの気分は浮上していった。

しかもリュシアンが高等部二年に編入すると同時に、一年にこの国の王太子《おうたいし》とその婚約者が進学してきた。もちろん事前情報は持っており、リュシアンが二年から留学したのは、この部分も考慮されてはいた。

学園が始まってすぐに、リュシアンは王太子であるエーリクに高等部生徒が皆通る廊下で話しかけられた。

「バルリエ公子」

「エーリク殿下《でんか》」

「ここでは私の方が下級生ですから、結構ですよ」

礼をすると、遮《さえぎ》られた。

リュシアンとエーリクが会うのはこれで二度目だ。ハルヴァルに着いてすぐに王城へ向かい、その際に挨拶《あいさつ》は済ませている。

その時にはいなかった女子生徒が、エーリクによって紹介された。

「私の婚約者のセラフィーナだ」

そっとエーリクに肩を触れられ、黒髪の女子生徒が礼をした。

「セラフィーナ・パーシヴァルタと申します。バルリエ公子と同じ学舎《まなびや》に通えるとは、光栄に思いますわ」

王太子の婚約者の情報ももちろん事前に知っていた。パーシヴァルタ侯爵家《こうしやくけ》は、ハルヴァルでも有力な侯爵家でかなり早い時期から第一王子の婚約者の座を確保していたと聞く。

「私も王太子並びに貴女《あなた》と共に学べる事を光栄に思います。よろしくお願いします」

賢そうだが、同時に冷たそうな女性だな、というのが第一印象だった。

この二人は非常に真面目《まじめ》で品行方正な王太子カップルであるという噂《うわさ》も聞いている。エーリクと先日話した時は、真面目過ぎて若干《じゃっかん》面白みには欠けるというのがリュシアンの印象だったが、セラフィーナを見て、こんな怖そうな女性と上手《うま》くやれているのなら器がでかいのかもしれないと思い直した。

「今度よろしかったら殿下とのお茶会にご招待させてくださいませ」

「それはぜひ」

隣国の未来の王夫妻と仲良くしない手はなかったので、一も二もなく頷《うなず》く。笑顔で返事をしたリュシアンを見て、セラフィーナが紫の瞳をすうと細めた。

「……バルリエ公子は、ベルナルデッタとお話が出来そうですね」

「え、どなたです？」

ふいに出てきた名前に聞き返すが、セラフィーナに微笑《ほほえ》みながら「今度ご紹介しますわ」とだけ言われ、後はエーリクにリュシアンと同学年になる護衛騎士を紹介されて別れた。

「ベルナルデッタ様はハルヴァル国宰相《さいしょう》のご令嬢でしょう」

王都で借りている屋敷に帰って家の者に話したら、護衛騎士として付いて来ているカルミネが答えた。

「ああ、確かメリカント侯爵家に僕と同学年の娘がいたか。ん？　メリカント家と言えば親教会派ではなかったか？」

　ハルヴァルでは王室と教会はあまり仲がよくないと聞いている。それなのに親教会派の侯爵家の娘が王太子の婚約者と仲がいいのは、いささか疑問が残る。

「どんな女性なんだ？　そのメリカント嬢とやらは」

「私共もそう詳しくはありませんね、大人しい令嬢だというくらいしか。……ああ、あと弟君とは半分しか血が繋《つな》がっていないらしいですね」

「ああ……」

　どちらかが愛人の子という事か、とリュシアンは苦笑した。貴族の中では別段珍《めずら》しい事ではない。上級貴族の当主の妻というのには、様々な素質が必要となる。その中には夫に愛される要素が含まれず、よそに愛を囁《ささや》く女性を持つ者の気持ちも分からないでもない。

「まぁ、同学年で宰相の娘で、王太子カップルとも親しいのならそれなりにお相手しないとな」

　面倒くさそうに嘆息《たんそく》するリュシアンに、カルミネは静かな声で注意を促《うなが》す。

「リュシアン様は女嫌いでいらっしゃるから、あまり余計な事はしない方がよいのでは？」

「誰が女嫌いだ」

　リュシアンは次兄の言った通り、人の好き嫌いが強めなだけで決して女嫌いではない。ただ単純に、女性に嫌いなタイプが多いだけだ。と本人は思っている。

「まぁ別に特別親しくなるつもりはない、いつも通り、適当にやるさ」

　リュシアンの言葉に、カルミネ以下使用人数人も困ったものだというように目を合わせた。

翌日の放課後、リュシアンは自分と話したがる令嬢たちから逃げ、図書館に行きついた。

やはり婚約者がいない隣国の公子がわざわざ留学してくる、という事は嫁探しの意味で取られるらしい。実に面倒な事だ、とリュシアンは気持ちを切り替えて図書館に目を戻した。

「おお、これはなかなか」

自国と比べても遜色《そんしょく》ないどころか、もしかしたら勝っているかもしれない広さと蔵書数に目を見張りながら館内を歩く。高い位置に設けられた窓から入る光は、本には当たらないようにきちんと計算されており、まるでスポットライトのように本棚の前に佇む一人の女性を照らしていた。

トリニアでは見ない、銀色の髪が陽の光を受けキラキラと輝いている様は神々《こうごう》しさすら感じさせ、リュシアンは思わず息を飲んだ。

高等部の制服を着ている女子生徒は、輝く長い銀髪を無造作に下ろしていて、俯《うつむ》いて本を読んでいるのか顔が見えない。

(顔が見たいな)

自然とそう思って近付こうと踏み出した靴が立てた音に、女子生徒が敏感に反応してこちらを向いた。銀色のまつ毛に縁取られたストロベリーピンクの印象的な瞳が、リュシアンのヘーゼル色の瞳とぶつかったと思ったら、女子生徒がすぐに顔を伏《ふ》せた事で逸《そ》らされた。

「申し訳ございません、この場所にご用事ですよね。すぐに退《ど》きますので……」

「え？　いや……」

　女子生徒の手に抱えられているのが、トリニアの本である事に気付き、ここがトリニア関連の本棚である事を知った。いや、それよりも、

「君、その本に興味があるの？」

　というか、読めるのか？　と思ってつい質問が口を突いて出た。

　なぜなら女子生徒が持っていたのは、トリニア語で書かれた上、専門的な本だったからだ。

　しかし今まで顔を伏せていた女生徒は、パッとリュシアンを見上げ瞳を輝かせた。

「はい！　以前からトリニアの技術力には感服しておりまして、我が国でも活《い》かせる事がないかと思っておりました。こうして専門書を読むとますます、お国の技術力の素晴らしさが実感できました！　特にこの第六章の部分なんですが、何度読んでもその発想力に驚かされます」

　キラキラとしたストロベリーピンクが一心に自分を見つめ、興奮したように語る姿が大人しい外見との差異があって微笑ましい。

「あ……も、申し訳ございません……。とんだご無礼を……」

　語る途中で女子生徒がハッと我に返ったように、おどおどと視線を落として言った。まだ聞いていたかったのに、と思った所でリュシアンも気付いた。

「もしかして、私の事を知っています？」

　リュシアンを見て、すぐにトリニア本の棚に用があると思ったのも、先ほどの言い回しもリュシアンをトリニアからの留学生、引いては公子だと知っての態度なのだろう。まぁトリニア

から公子が留学してきた、という事は既《すで》に学園内に知れ渡っているだろうから、女子生徒が知っていても不思議ではない。ではないのだが。

「はい、もちろんです……バルリエ公子でいらっしゃいますよね？」

（……嬉《うれ》しい！）

リュシアンは自分の胸がぶわっと暖かくなるのと同時に、素直にそう思った。

（彼女の事も知りたい）

「あっ、こんな時間……。申し訳ございません、公子。お先に失礼いたします」

名前を教えてほしい、と言う前に銀髪の女子生徒は慌《あわ》てた様子で本を持ったまま美しい所作で礼をして、足早に去ってしまった。ついぞ感じた事がない感情に戸惑《とまど》っている間に、女子生徒は見えなくなってしまい、リュシアンは激しい後悔に襲われた。

翌日、女子生徒の様子からして図書館の常連だろうと予想し、放課後再び図書館に、と決意していたリュシアンに同じクラスの男子生徒が声を掛けてきた。

「今日の放課後、エーリク殿下ならびにパーシヴァルタ嬢よりお茶会にお呼びするよう伝言賜《たまわ》りました」

愛想《あいそう》のない顔でそう告げたのは、騎士見習いとして学園内でのエーリクの護衛を任されている子爵《ししゃく》令息だった。確か名前は、オルヴァとか言ったか。意志の強そうな顔付きには、お役目への自尊心がありありと見て取れる。

王太子とその婚約者にお茶会に誘われれば行くしかない。前もって予告もされていた。

しかしなぜ、よりによって今日なのか。

「バルリエ公子？」

すぐに返事をしないリュシアンをオルヴァが訝《いぶか》し気に見る。「まさか断る気じゃないだろうな」という声が聞こえる気がする。

「……お誘いありがとうございます。ぜひ参加させていただきますとお伝えください」

笑顔の仮面を被《かぶ》り、リュシアンが答えるとオルヴァは当然だと言わんばかりに鼻を膨《ふく》らませて、時間と場所を伝えて去って行った。王太子の側近がこんなに感情が顔に出る奴《やつ》で大丈夫なのだろうか。

「……まぁ同じ学園の高等部なのは分かっているんだから、急がなくてもまた会えるだろう」

自分に言い聞かすように呟《つぶや》いたが、リュシアンの胸には落ち着かない感情が残り、昼休みにも図書館を覗《のぞ》きに行ったが、収穫はなかった。


学園内にはいくつかお茶会を開ける場所が存在する。

お茶会は未成年の生徒たちによる小さな社交界だ。実力を持つ生徒が、将来を見越して自らの派閥《はばつ》を作り活動するのは、どこの国の学校でも同じだ。

ここハルヴァルの王立学園高等部では、特に大きな派閥が使う場所として、中庭の温室と食堂の中二階が挙げられる。

今回リュシアンが呼ばれたのは食堂の方。一般生徒は立ち入れない特別な場所である上、ガラス張りでその姿だけは一階の食堂からも見える。つまり王太子カップルならびにその派閥の者と隣国公子のリュシアンの友好関係を他生徒に見せつけるためだろう。

食堂の近くまで行くと、生徒ではない、恐らくエーリクの従者であろう男性に声を掛けられた。

「バルリエ公子、わたくしエーリク殿下の従者をしておりますラッザロ・ベルルスコーニと申します。お席までご案内いたします」

学園内では基本従者も護衛も付けられないが、放課後や休憩《きゅうけい》時間には従者を連れてもいい事になっている。特にお茶会など開こうと思えば、従者は必要だからだ。

階段を上がった先に広がっていたのは、中二階なので広くはないがサンルームのように大きな窓のある日当たりのよいダイニングルームだった。白と薄い緑を基調とした、明るいが落ち着いた色合いで、天井《てんじょう》の中心に王章が浮彫《うきぼり》にされており、その周りを白い草木の紋様《もんよう》が囲んでいる見事なものだ。トリニアは技術産業が盛んな分、こういった芸術関係には少し遅れを取っていると思っているリュシアンは、尊敬の念を込めて天井画を見た後、真っ白なクロスが掛けられたテーブルの向こうに座るエーリクを見た。

エーリクの横にはセラフィーナがおり、その向かいの席が空けられているのでリュシアンの席なのだろう。そしてセラフィーナのエーリクとは逆隣に金髪の女子生徒が、その正面にエーリクの護衛のオルヴァが立っていた。

「ようこそ、バルリエ公子。どうぞこちらへ」

「オルヴァのことはもうご存じだと思いますので、わたくしと仲良くしている令嬢をご紹介いたしますわ」

エーリクと挨拶を交わした後、セラフィーナが金髪の女子生徒を見た。

金色の髪を何束かに分けて綺麗《きれい》に巻いてボリュームを出している。耳の上には大きな髪飾りを付けていて、何とも派手な……リュシアンが苦手とする部類の女子生徒が一歩前に出て礼をする。

「サンドラ・アルディーニと申します。セラフィーナ様とは初等部の頃よりよくしていただいております」

はきはきとした声は自信に溢《あふ》れている。昨日見た女子生徒とは真逆だなと感じた。

（令嬢を僕に紹介って、まさか……）

嫌な予感が頭をよぎるが、表情に出した覚えはないのにセラフィーナが説明してくれた。

「サンドラはそちらのオルヴァの婚約者なんです」

「ああ、なるほど」

サンドラの家が商売を手広くやっていると聞いて、顔芸も話術も不得意そうなオルヴァにお似合いの令嬢だと心から思った。

（なるほど、側近候補のカップルを紹介してくれたのか）

側近同士が婚約者となると色々と便利だろう、と感心した。

しかし未来の王夫妻の側近と言うならば、参謀的《さんぼうてき》な存在もいるのではないかと思う。

（もっと政治などに詳しい、冷静に助言をくれるような聡《さと》い側近も必要なんじゃないのか？）

二人はまだ高等部一年だから、これから探すのかもしれないが、リュシアン的にはオルヴァとサンドラでは不安な陣営に思える。

もう少し上の家格の高い……それこそ、昨日会った女子生徒のような……。

「あともう一人、紹介したい者がいたのですが……ああ、来ましたわ」

思考が再び彼女に向きかけた時、セラフィーナの声に我に返り、その視線を追いかけ、リュシアンは振り返った。ちょうど今階段を上がってきたのであろう女子生徒が、その見事な銀髪を掻《か》き上げながら慌てた様子で息を切らしていた。

「お、遅くなって申し訳ございません……っ」

震える声で謝罪する女子生徒が、リュシアンが今脳裏に描いていた姿のまま立っていた。

「……っ」

「遅いですわよ、ベルナルデッタ様！　殿下とセラフィーナ様のお茶会なのですから、何においても優先して先に来ておくべきですわ！」

一瞬呆《ほう》けてしまったリュシアンの背から飛んだサンドラの叱責《しっせき》に我に返り、即座に笑顔を作り直した。

「まあいいじゃありませんか。またお会いしましたね」

サンドラを宥《なだ》めつつ、後の言葉は銀髪の女子生徒に向き直って微笑んだ。彼女はリュシアンがこの茶会に来る事も事前に知っていたのだろう。驚いた様子はないが困惑《こんわく》したように礼をした。

「あら。もうご存じでしたか。同じ学年ですから、それもそうですわね」

「ああ、いえ。昨日図書館で偶然お会いしただけですので、よろしければご紹介いただけませんか？」

内心慌ててセラフィーナに頼む。

セラフィーナはベルナルデッタの横に歩を進め、そっと背に手を添えた。並ぶとベルナルデッタの方が結構身長が高いのだと気付く。

「こちらベルナルデッタ・メリカント嬢ですわ。学年は公子と同じ二年生ですの」

「べ、ベルナルデッタ・メリカントと申します。昨日は失礼いたしました」

「メリカント……と言うと、現宰相の？」

ハッと昨日の屋敷内での会話を思い出した。

大人しい・腹違いの弟がいる・親教会派でありながら王太子陣営と仲がいい、あとセラフィーナが「話が出来そう」と言っていなかったか？　その意味を測りながら慎重に言葉を選ぶ。

「はい、メリカント現宰相は私の父です」

対面してみて、昨日の印象と合わせ、大人しいというのは本当だろう。だけど何か違和感があった。それが気になって仕方なく、リュシアンはベルナルデッタから目が離せなかった。

お茶会が始まって、驚いた。用意されたお茶も茶菓子もハルヴァルの最高級の物でリュシアンへの牽制《けんせい》と歓待《かんたい》を感じたが、何よりもその談話の内容だ。

エーリクとセラフィーナは次期王と王妃としての教育を受けているので分かるが、リュシアンが派手で正直賢そうではないと思ったサンドラも貿易や社交界といった話題では芯《しん》の通った意見と有益な情報も口にした。これが学生の談話かとレベルの高さにリュシアンは舌を巻いた。

そしてなんといってもベルナルデッタだ。

控えめながら、話を振られればあらゆる議題で確かな知識を持って冷静な意見を述べる。途中二百年近く前の法律の起源を説明し始めた時にはさすがに度肝《どぎも》を抜かれた。どこまで知識が深いのだろう。

「今日はとても楽しかったですわ。またこうやってお話しいたしましょう」

「ああ、とても有意義な時間だった。バルリエ公子もぜひまた」

会の終わりに、主催の二人に言われた時は、お世辞ではなくリュシアン自身も前のめりになりそうになるのを抑えながら「ぜひ」と答えた。それだけ意味のある茶会だったと思った。

王太子カップルだけではなく、これだけ優秀な側近候補もいるとなるとハルヴァルの次世代の層も厚そうだと本気で見直した。

何よりもベルナルデッタの存在が大きい。同世代の女性であれだけ知識の豊富な人に会った事がなかったリュシアンは、完全に目が覚めた思いだった。

（あんなに綺麗で聡明《そうめい》で、おまけに侯爵家で宰相の娘ともなれば引く手あまたであろうな）

今日のお茶会で王太子カップルとその側近候補に会った事を父や兄へも手紙で報告し、従者たちに改めて彼らの情報を確認させた。ベルナルデッタの婚約者の話をお茶会でされなかったから気になったのはあるが、この事は今後のために必要だからで、決して個人的な感情からではない。

「ベルナルデッタ嬢ですが、現在婚約者はおりませんね」

数日後、従者からの報告にリュシアンは持っていたカップを危うく落としそうになった。

「まさか。侯爵令嬢であの容姿と聡明さだぞ？」

「本当です。正確には、幼少期に三つ年上の伯爵家《はくしゃくけ》の次男と婚約しましたが、一か月と経《た》たずあちらから破談にされていますね」

淡々と答える従者に、リュシアンはふと、お茶会でのベルナルデッタと、セラフィーナのあの言葉を思い出した。

（ああ、そういう事か）

「知的能力が、合わなかったんだな」

あれだけ聡明なのに俯きがちでどこか自信なさげに見えたベルナルデッタは、多分リュシアンと違い周囲を見て察して行動するという能力が幼少期に未熟だったのだろう。あの頭脳をもってそれでは、三歳程度年上の相手では付いていけないと思う。年下の女の子に敗北感を味わう事を経験させられる貴族の子は少ないと思う。

ここ数日の間ベルナルデッタの様子を見ていても、図書館で会った時やセラフィーナたちとのお茶会のように明るく喋《しゃべ》っている光景は見受けられなかった。最初に護衛騎士に聞いた「大人しい令嬢」という言葉に尽きた。

おまけに聞けば成績も中の上と言うではないか。百年単位で前の法律にも詳しく、他国の言語の専門書を難なく読む彼女が、そんなはずがない。

従者の報告と周囲の噂話を聞いて、リュシアンはおおよその事情を理解した。つまり彼女は優秀すぎるが故に、家では後妻と義弟《ぎてい》に虐《しいた》げられ、自身を抑えて暮らしているのだ。

(なんてもったいない)

最初、女性であれだけ聡明なのだから、現宰相というのも随分優秀なのだろうなと思っていたリュシアンだったが、メリカント家の家庭事情を知って宰相には大いに失望した。才能のある娘を冷遇するなんて、愚策《ぐさく》もいい所だと思う。

＊＊＊

「メリカント嬢、よろしければお昼一緒にどうですか?」

「バルリエ公子。ごめんなさい、皆さんと約束がありまして」

教室で声を掛けるが、ベルナルデッタは申し訳なさげに眉《まゆ》を下げ、礼をして去って行った。

(また駄目か……)

他の女子生徒に「ぜひ私と」と言われるのを避けながら、リュシアンはベルナルデッタの後ろ姿を見送った。

あのお茶会以降、リュシアンはベルナルデッタを何度もこうして誘っていたが、彼女が受けてくれた事はない。何度誘っても先約がある、私なんてとても……と断られる。そして彼女の先約は基本、セラフィーナだ。

なぜメリカント家が親教会派でありながらセラフィーナの側近候補と言える位置にいるのか、最初は家で冷遇されている反発かとリュシアンは思ったのだが、違った。

純粋な、セラフィーナへの心酔《しんすい》だった。

ベルナルデッタに出会ってから地道に親しくなろうと努力しているが、未だによく話す知人止まりで友人になれているかも怪しい。それにはセラフィーナの存在がある。

とにかく何よりもセラフィーナを優先させるのだ。リュシアンも頑張ってベルナルデッタの興味がありそうな話題を準備するが、初等部の頃からの仲のセラフィーナには敵《かな》わない。

そしてこれが一番、リュシアンが歯痒《はがゆ》く思っている事なのだが、セラフィーナ自身がリュシアンの邪魔《じゃま》をするのだ。

運よくベルナルデッタの空いている時に会えて、お茶などに誘っても、気が付けばセラフィーナが一緒にいる。セラフィーナが来ると、ベルナルデッタは必ず歓迎する。自国の王太子の婚約者なのだから当たり前だが、同時にそれはリュシアンと二人きりでいたいなどという気持ちが欠片《かけら》もない事を示している。

そんな訳でベルナルデッタとの距離は一向に縮まる事がなく、一年半以上が過ぎた。当初一年だけだった予定の留学も父に直訴して延ばしてもらったが、未だこの体たらくだ。

しかも聖女候補がメリカント家に引き取られてから、ベルナルデッタは彼女の教育係も請《う》け負《お》ったらしくますます時間が取れなくなった。その上聖女候補は編入してくるなり色々と騒ぎを起こし、そのしわ寄せを受けて周囲から責められている。

彼女ほどの傑物《けつぶつ》が半年も期間を与えられたなら、田舎《いなか》貴族の娘の一人くらい躾《しつ》けられそうなものなのだが、実際聖女候補に絡《から》まれた時の印象としては「礼儀《れいぎ》知らず」の一言に尽きた。ベルナルデッタと一緒に住んで教わってまで、なぜそんなに無作法になれるのか不思議だった。

どちらにせよ、教育期間を終えて学園に編入した後までベルナルデッタが責任を持つ必要はない。そんな暇《ひま》があるなら自分と少しでも話してほしいと願うリュシアンだった。

そんな風に思っていたある日、運よく図書館でベルナルデッタに会った。思わず辺りを見回したが、セラフィーナもサンドラも聖女候補もいない。リュシアンは急いで話しかけに行った。

「メリカント令嬢、こんにちは」

初めて会った日と同じように、西日がキラキラと彼女の銀色の髪を輝かせていた。

あの時と違うのは、声を掛けられたベルナルデッタが目を逸らさず、むしろリュシアンを見て目を細めて微笑んでくれた事だ。リュシアンの胸に、またあたたかいものがじんわりと広がった。この一年半以上の日々は、決して無駄ではなかったと思えたからだ。

スカートをつまんで挨拶をするので、学園内だからいいよと笑ってみせた。もっと気安い関係になりたい。

「何だか疲れている様子だけど、大丈夫ですか？」

「ああ……いえ、お恥ずかしいです」

言い澱《よど》むベルナルデッタは、やはり疲れている様子だ。

「差し支えなければ少し話しませんか？　本は借りる事にして」

「え、あの……」

ここで放課後だし街にでもとか、お茶に誘っても断られる可能性が高い事は身をもって知っていたので、すぐそばの図書館テラスに強引に連れ出した。

「メリカント嬢のため息の原因は、例の聖女見習いですか？」

椅子に座って訊《たず》ねると、ベルナルデッタの肩がビクリと震えたが、気付かぬそぶりで続けた。

「実はね、私も最近よく彼女に話しかけられるのですよ」

「!?　それは何て……失礼を……！」

ベルナルデッタが困るのを承知でこの話をしたのは、彼女にもっと意識してほしいからだったが、思った以上の効果があった。罪悪感で縛《しば》りたいわけではないが、リュシアンは進まない二人の関係とベルナルデッタを憂えさせる聖女候補にはほとほとうんざりしていた。

そもそも、聖女候補などセラフィーナの相手にもならないが、ベルナルデッタと聖女候補だって、比べるまでもないのだ。心を割《さ》く必要もないと思う。

だから改めて、聖女候補の無作法の理由を聞いたのだが、ベルナルデッタは秀麗《しゅうれい》な眉を下げて謝罪を繰り返した。

「私はアイニさんには避けられていますし、私もアイニさんとは何を話したらいいか分からないのです……。全て私の不徳《ふとく》の致《いた》すところなのです、申し訳ございません」

（ああ……やっぱり……）

その言葉を聞いて、リュシアンは腑《ふ》に落ちた。

ベルナルデッタには分からないのだ。

出来ない者の心が。

優秀すぎるが故に、理解出来ない者の気持ちが分からない。ベルナルデッタは理解出来ない事などなかったから。

（もったいない）

こんな優秀で美しい人を、不出来な者のために消費していい訳がない。

「貴女はいつも、そうやって聖女見習いや家の事で思い悩んでいますけれど、私は気にしなくていいと思いますよ」

「え……でも……」

リュシアンは素直な気持ちで言ったが、ベルナルデッタは戸惑ったような表情をしている。

後妻の子である弟も今年高等部に入学してきたが、リュシアンから見る限り彼は『秀才』の域を脱していない。ベルナルデッタとは格が違った。そんな弟に気を遣《つか》う必要などないのだ。

「貴女ほど聡明な方を私は知りません。今日だって、その本は私の国の言葉で書かれた学術書なのに貴女は難なく読めるでしょう？」

先ほど借りたばかりの本を指差すと、ベルナルデッタは不思議そうな顔をした。『何を当たり前の事を』と言わんばかりの顔に、リュシオンの胸はますます熱くなる。

「貴女は、家のためや聖女見習いのために消費されるべき人材ではないんです」

まだそこまでの関係になれていない事は承知だったが、今を逃してはいけない、とリュシアンはベルナルデッタの前に膝《ひざ》を突いた。

見上げた先のストロベリーピンクは戸惑いに揺れている。

「学園を卒業後、私と一緒に国へ来てくださいませんか？」

決して目を離さず、リュシアンは渾身《こんしん》の想いでベルナルデッタへの求婚を口にした。

ベルナルデッタの目が驚きに見開かれ、夕陽のせいではなくじわじわとその白い肌を赤く染めた。

「あ……はわ……」

リュシアンに好かれているなどこれっぽっちも予想していなかった様子だが、決して否定的な反応ではない事にリュシアンは胸を撫《な》でおろした。

「貴女は、聡明で気品溢れる淑《しと》やかな女性です。返事は、急ぎません。貴女が貴女のままでいられる場所を私に作らせてください」

「バ、バルリエ公子……」

「どうかリュシアンと……ベルナルデッタ嬢」

念願の名前を呼び、リュシアンはベルナルデッタの手の甲に口づけの仕草をした。本当に口付けするのは、想いを通じてからだ。

プロポーズ以来、ベルナルデッタの反応は顕著《けんちょ》だった。

完全に、リュシアンを男として意識してくれていたし、何なら好意的な反応を返してくれていた。

これは卒業までに、手を取っていただけるのではないか？

リュシアンは光明を見た気がした。

しかしその光は、やっぱりセラフィーナによって潰《つぶ》される事となった。

リュシアンにはどうでもいい事なのだが、聖女候補がエーリクとデートをしたとかいう噂が流れ、学園内がまた騒がしくなった頃、何とその聖女候補がセラフィーナの元へ乗り込んだらしい。よりにもよって未来の王妃とその側近候補のお茶会に、エーリクとの仲について文句を付けに行ったそうで、もちろんそこにはベルナルデッタもいた。

リュシアンが知ったのは、全てが終わってからだったが、その時には既にベルナルデッタは俯きがちな姿勢から背筋を伸ばし、髪もまとめ、あの時折り見せてくれた輝く瞳になっていた。

その背中を押したのは、セラフィーナとサンドラだったと聞かされ、リュシアンは思った。

（これは……駄目かもしれない……）

ベルナルデッタは意気揚々《いきようよう》と自身の力を見せつけ、後期の中間試験では学年一位に輝き、新たな学説の論文を発表し、女性官吏《かんり》の試験にも合格した。

案《あん》の定《じょう》、卒業パーティを待たず、リュシアンはお断りの返事をもらうことになった。しかしリュシアンは、その時に卒業パーティのエスコート役を申し出た。

もちろんベルナルデッタは困惑していたが、リュシアンの熱心な願い出を断り切れずに受けてくれた。

＊＊＊

卒業パーティ当日。

「似合っていますよ、ベルナルデッタ嬢」

「こんなにしていただいて……申し訳ございません」

前髪の片方を下ろし、銀の髪を弧《こ》を描いた深く青い髪飾りで纏《まと》めたベルナルデッタのドレスは光沢《こうたく》のある紺色で、胸に付けたブローチはリュシアンの瞳と同じヘーゼル色のブラウンダイヤモンドだ。

「何となくね、こうなる気はしていたんですよ」

そう言って苦笑してチラリと、本日の主役の卒業生よりも目立つエーリクとセラフィーナに視線をやる。視線に勘付いたように振り返ったセラフィーナに微笑まれた。勝利宣言だ、とリュシアンは思った。

あのセラフィーナが、ベルナルデッタのような優秀な人材を他国に出す訳がなかった。散々牽制されたリュシアンが思うのだ。間違いない。

リュシアンはベルナルデッタの才能が埋もれているのが歯痒かった。今こうして、殻《から》を破り表舞台に立つ覚悟を持ったベルナルデッタの姿は心から嬉しく思う。その殻を破ったのが自分ではないのは悔しいが。

　一方のベルナルデッタは、セラフィーナを見て「ほぅ」と見《み》惚《と》れていた。セラフィーナの傍《かたわ》らにいたサンドラとも何か目配せをしている。

「卒業後は官吏として王宮へ勤めると聞きました」

　意識をこちらに引き戻すように話しかけると、ベルナルデッタはリュシアンを真《ま》っ直《す》ぐ見返してくれた。

「はい、外交の仕事に興味があるので、いずれリュシアン様のお国にも行けるかもしれません」

　その言葉に、一筋の光が差した気がした。

　リュシアンは、諦《あきら》める気などさらさらなかった。

「そうしたらぜひ、私がベルナルデッタ嬢を案内したいですね」

「よろしいのですか？」

　リュシアンの答えに、ベルナルデッタが意外そうな顔をする。

　卒業したらさようならなんて、そんなつもりはない。

「ええ、私は諦めが悪いので」

　ベルナルデッタはようやく顔を上げたのだから、勝負はこれからだ。

　何年掛かろうが、公子の立場を捨てようが、彼女の光り輝く姿を一番近くで見続けたい。

　リュシアンは渾身の想いを込めて、微笑んだ。

七　王太子

エーリク・ハルヴァルの抱負

物心ついた頃には、エーリクの運命は決まっていた。

いや、むしろ生まれ落ちたその瞬間から、かもしれない。

エーリク・ハルヴァルはハルヴァル国王の第一子、第一王子としてこの世に生を受けた。ハルヴァル国は生まれた順に王位継承権が高くなり、母親は正妃で家格も申し分ないため、エーリクはまごうことなき次期国王、王位継承権第一位の存在だった。

国で最高の物を与えられ、最高の教育を受けた。

幼少期の記憶で一番覚えているのは、自分が室内の机に向かって座っていて、周囲を何人もの大人で囲まれていた光景だ。窓から見える外の景色の中では、弟と妹がはしゃいだ声を上げて走り回っていた。

「ぼくもそとにいきたい」

多分四つか五つの頃だったと思う。そう言ったエーリクに、大人たちは皆一様に難しい顔で首を振った。

「殿下《でんか》は将来国王になられるお方なのです」

「他の子らが遊ぶ時間を学びに向けるのです」

「それが国王となる者の義務です」

家庭教師も、護衛騎士も、従者も、メイドも皆同じ事を言った。

父も母も叔父《おじ》も叔母《おば》も。

（そうか、ぼくはおうさまになるために、たくさんまなばなければならないことがあるのか）

だから弟妹のように遊ぶ時間はないのか。

エーリクは勉強が嫌いではない。最高峰《さいこうほう》の家庭教師だけあって、教え方も上手《うま》かったのだろう。学んで身になるという感覚はむしろ心地好《よ》かった。

それに六つの時に建国祭で国民へお披露目《ひろめ》された時、城の上から父王と共に多くの国民を見下ろした時に感じた思い。自分は彼らの上に立たなくてはならない。国民の生活を預かり、導かなければならないと強く感じた。これが責任感というものだという事をエーリクは後に知る事になる。

だからエーリクはいずれ自分が国王になるのだという自覚は、人一倍あった。それが嫌だとは思わない。むしろよい王になるためには、学ばなければならない事が無数にある事を知って真摯《しんし》に目標に向かって学んでいた。

エーリクはよい王になりたかった。そのための苦労は厭《いと》わなかった。

しかしふと、窓の外ではしゃいで走り回る子供や話し込むメイドたちを見て、言い知れないもやもやを胸の奥に感じる事があった。それは日に日に頻度《ひんど》が増えてきて、主治医に言うべきかと迷い始めた頃、洗礼式の時期が来た。

この国の子供は皆、八歳になる年に教会で洗礼を受ける。その際に適性魔法も調べる。

平民の子らは一同に教会に集まり行われるが、貴族の子は社交も兼ねて王宮でパーティも開かれる。

貴族界でデビュタントは十二歳だが、王立学園に通うようになるのが九歳からという事もあり、八歳の洗礼式ついでに顔合わせをしておくのだ。これは子供同士で親交を築く前に先手を打つ……つまり婚約者決めにも重要な意味を持っていた。

もちろん家同士で既《すで》に婚約者が決まっている者もいた。しかし大半の貴族の子はこの日まで婚約をしていない。自分の家の格以上の相手と縁を結ぶ好機である上に、王族の婚約者選びもこの場が重要視されているからだ。これは政治的な意味で思想が偏《かたよ》らないようにという建て前でもあった。

そうは言っても、体面を整える程度のものでもちろん婚約者候補はほぼ決まっていることが多いし、全く関係のなかった下位貴族の子を見初《みそ》めて……なんて事もない。

「セラフィーナと申します。お会いできて光栄です」

パーティの最中、父親に連れられて挨拶《あいさつ》に来た子たちの中にセラフィーナはいた。

エーリクの金の髪とは真逆の真っ黒で艶《つや》のある髪をした少女は、しっかりとした口調でカーテシーをした。その時は、他の子供と違い真《ま》っ直《す》ぐエーリクの目を見て、物怖《ものお》じしない娘だなと思った。

後日、洗礼式後のパーティで挨拶をした少女の内数名と再びお茶会をした。婚約者候補選を勝ち抜いた少女たちだ。

王宮の中庭に設けられたお茶会の会場で、きゃあきゃあとお喋《しやべ》りをする婚約者候補の少女たちにエーリクは静かに答える。婚約者選びとは言え同世代の子供たちとこんなに話す機会はなかったので、エーリク的にはそれなりに楽しかった。

お茶会には、あのセラフィーナもいた。彼女の家は有力侯爵《こうしやく》家《け》であると記憶しているから、順当だろう。皆の話に耳を傾け、微笑《ほほえ》んでいるだけであまり話さない。初対面の印象と違い、大人しい子なのだろうかと思った。

「我が国は資源が豊富であるけれど、そこに胡坐《あぐら》をかかずに新たな事業もしていくべきだと思っている」

「エーリク殿下は本当に立派なお考えをお持ちなんですね」

皆がエーリクの話を聞きたがるので、自分が思う国の未来や先日学んだ事などを話せば、大げさに誉《ほ》められ、そしてどの子も自分の話をしたがった。

「皆はどう思う？」

同世代の意見も聞きたくて問いかける。

「エーリク殿下と同じ意見ですわ！」

「わたくしもです」

「エーリク殿下のお手伝いが出来たらと存じますわ」

口々に出てくるのは、全てエーリクと同意見で、そして側《そば》に付いている騎士やメイドの目配せに気付く。婚約者候補とのお茶会では議論などするものではないと言いたいのだろう。

（いずれ伴侶《はんりょ》となるという事は、王妃になるのだからこういう話も必要だと思ったのだが……）

話題選びを間違えてしまった、と反省していたら、先ほどまでほとんど自分から喋る事のなかったセラフィーナが小さく手を挙げた。

「わたくしは近隣諸国との関係も強めておくべきだと思います」

子供相手ではついぞ聞いた事がなかった個人の意見に、エーリクは身を乗り出しそうになるのを留めた。先ほど反省したばかりじゃないか。

セラフィーナの方も、ニコリと笑って、それ以上は何も言わなかった。場を弁《わきま》えている。

エーリクはもっとセラフィーナと話したいと強く思った。もっと意見が聞きたい。自分の意見を聞いてどう思うかも話し合いたい。

⁂

そして九年が経《た》った。

「しかしそれだと麦の消費量が下がりすぎてしまわないか？」

「ピナルディ地方での冷害で近年続けて収穫量が落ちておりますので、むしろ下がる事によって貯蓄して来年に備えられると思われます」

「ああ、ピナルディの冷害か。迂回《うかい》水路の手配は済んでいるが、まだまだ時間が掛かりそうではあるな」

十七歳になり、見た目は完璧《かんぺき》な王子様となったエーリクと、完璧な淑女《しゅくじょ》となったセラフィーナだったが、相変わらずこうして二人で顔を付き合わせれば、国の話をしている。

十歳の時に正式な婚約者になり、十四になった時に立太子《りったいし》し王太子《おうたいし》とその婚約者となった。

エーリクとセラフィーナは、二日に一度こうして王宮内でお茶をしながら意見交換をして過ごす。これは貴族の婚約者としてもかなり頻度が高いが、セラフィーナの王妃教育が始まり、王宮に通う身となったのでその後に少しでも共に過ごそうとなったのだ。二人とも忙しい身のため、一回の時間が多く取れないから回数を増やしたという事である。

「そう言えば、もうすぐ聖女候補の方が学園に入ってきますね」

「ああ」

セラフィーナに言われて、エーリクも思い出す。

ハルヴァルでは貴重な『光魔法』の遣《つか》い手《て》である聖女候補の少女が途中編入してくる話はエーリクもよく知っている。聖女は皆教会に所属し、上級貴族と同じ権力を持つ存在だ。

教会は独立した組織であり、王室とておいそれと命令出来ない。一部の貴族は反王室を示すために教会に肩入れする者もいるし、逆に権力を持ち過ぎではないかと教会を敵視する者もいる。

王室としては、特に敵対した覚えはないが、付かず離れずでゆるく手綱《たづな》を握りたいというのが本音だ。

なのでこの度聖女見習いとなった少女が、王族が在学中に編入してくるとの事でエーリクも父である王やその他大臣たちからも、それとなく気にかけておくようにと言われている。

「ベルナルデッタが大層手を焼いているそうですよ」

「あのメリカント嬢がか」

聖女の後見人となったメリカント侯爵の娘であるベルナルデッタは、エーリクよりも一学年上の大層な才女である。

初等部に入学してしばらくした頃にセラフィーナに紹介された時は、王室にあまり好意的ではないメリカント侯爵家の者がなぜ？　と思ったが、話してみてその聡明《そうめい》さに驚いた。メリカント家が彼女ではなく、母親違いの弟を跡継《あとつ》ぎにすると聞いた時は首を傾《かし》げたものだ。

何にせよ、そっちがいらないと言うのならば、ありがたくこちらで有効活用させていただこうと思った。

そのベルナルデッタだが、知識が豊富で頭の回転も早く、礼儀《れいぎ》作法も完璧だ。聖女見習いは生家で最低限の教育しか受けておらず、貴族としての教養が足りないため後見人となったメリカント家に引き取られ、しばらく教育するとは聞いていた。その際に礼儀作法についてはベルナルデッタが教育係になったとも聞いて、それなら安心だと思っていたのだが。

「ベルナルデッタは一定の水準を満たしていない者の相手は苦手ですから」

「そんなに教養がなかったのか。それでは編入時期も遅れるかもしれないな」

「それはどうでしょうね」

学園内にはエーリクのような王族もいるのだから、礼儀作法が出来ていない者を入れる事はしないだろうと言うエーリクに、セラフィーナは小さく微笑んで首を傾げた。

いずれ顔を合わす事もあるだろう、とのんびり構えていたが、その時は思いのほか突然訪れた。

「ベルさんが見えたから来ちゃいました！　えっと、そちらは王子様と婚約者様なんですよね？」

セラフィーナとオルヴァとベルナルデッタと一緒に食堂の中二階サロンでの昼食を終え、教室に戻る途中、周囲の生徒を掻《か》き分けその女子生徒は突然話しかけてきた。王族であるエーリクにとっては滅多にない経験で、不覚にも驚いた顔をしてしまった。

女子生徒はピンクブロンドの柔らかそうな髪と淡褐色《ヘーゼル》の大きな瞳でエーリクを見上げている。先日視察で訪れた辺境で見た川イタチに似た愛嬌《あいきょう》のある顔だ。先ほどベルナルデッタの名を呼んだ事、そして女子生徒の後ろに狼狽《ろうばい》した様子のメリカントの嫡子《ちゃくし》がいる事から、彼女が聖女候補アイニ・ミッコラであるのは間違いないだろう。

「軽々しく殿下に話しかけるなど、どこの生徒だ」

オルヴァがすかさずアイニの視線からエーリクを隠すように前に出た。直情型で考え足らずな所もあるが、剣の腕は確かで王家への忠誠心は人一倍なエーリクの学内の護衛を務めている生徒だ。体格もよいため、このオルヴァに睨《にら》まれたら学生であれば大概は目を逸《そ》らすのだが、アイニはニコリと可愛《かわい》らしく笑った。

「あ、私はアイニ・ミッコラといいます。先日一年に編入してきたばかりなんです」

「ではお前が聖女候補の……そういう事なら、まぁ……」

聖女候補と王族が揉《も》めるのはまずいと思ったのか、オルヴァにしては珍《めずら》しく大人しく引いた。いや、頰《ほお》が紅潮しているからアイニの雰囲気《ふんいき》にやられたのだろうか。

珍しいものを見たなと思っていたら、オルヴァの壁を退《しりぞ》けたアイニがまた一歩エーリクに近付いて、再びしっかりと目を合わせてきた。通常であれば、身分が下の者が上の者に挨拶する際には、誰か別の人間の紹介を受けるか、上の者から声を掛けられるのを待つ。しかし聖女候補はベルナルデッタやエーリクの言葉を待たずに再び口を開いた。

「分からない事も多くてご迷惑をお掛けするかもしれませんが、よろしくお願いします」

言葉自体は殊勝《しゆしよう》なものではあるが、全く礼儀がなっていない。ベルナルデッタが顔を青くしてアイニを見ている。なるほど、手を焼いているらしい。

しかしエーリクは王太子であり、彼女はまだ成人前でここは学園内だ。寛容な心を持ってして応えるべきだろう。

「ああ、励むように」

セラフィーナは微笑んでいるだけで、言葉を返す事はしなかった。それもまた、上に立つ者の態度としては正しいとエーリクは思う。甘いだけでは務まらない。

あまりよい初対面とはならなかったが、メリカント姉弟《きょうだい》共にあの場にいて咎《とが》める様子だったので次回からはあちらから話しかけて来ることはないだろう。そう思っていた。

その翌日。

「エーリク様！　エーリク様もこれからお昼ですか？」

昼休みに食堂の入り口で元気な声に呼び止められた。

昼休憩《きゅうけい》は誰もが同じ時間であるし、エーリクは中二階のサロンを使うが、入り口は同じなのでかち合う事に不思議はない。ただこうして話しかけられるのが想定外だっただけで。

キラキラとした曇りない瞳で自分を見上げてくるアイニは、不敬を働いているなどみじんも考えていないように見える。

「アイニ！」

他の生徒を掻き分け、ベルナルデッタの弟のサウリが小走りでやって来るのが見える。まるで昨日の繰り返しを見ているようだった。

「エーリク殿下、失礼いたしました。行くよ、アイニ」

エーリクの前に出ると綺麗な所作で礼をし、すぐさまアイニの腕を取って引っ張っていこうとしたが、当のアイニによってその行為は阻《はば》まれた。

「ねえ、せっかくだからエーリク様たちも誘って一緒にご飯を食べましょうよ」

一瞬何を言われたのか分からなかったが、意味を理解して改めて驚く。

この娘は今、王太子であり婚約者のいるエーリクを食事に誘ったのだ。

当たり前だがいわゆる貴族の淑女はこんな事はしない。そもそも王族に軽々しく話しかける事などしない。

「アイニ、王太子殿下をそんなに軽々しく食事に誘ってはいけないし、口の利《き》き方も気を付けて」

サウリが懸命に注意をしているが、当の本人はなぜ注意されているのか分からないようで不思議そうに首を傾げている。

（郊外の男爵家《だんしゃくけ》ではどういった教育をしてきたのだろう？）

エーリクは知りたくなった。

エーリクは王になる存在だ。王とは国民皆の生活を支えなければならない。それには貴族以外の平民も含まれるし、王都とは生活が違う郊外の者たちも入る。そういった者たちの事もよく知らずに国を治める事は出来ないだろう。

だからアイニの誘いに頷《うなず》いた。

「ええっ!?　殿下、よろしいのですか!?」

サウリが目を見開いて驚いているが、オルヴァは何だか嬉《うれ》し気だ。アイニも言うに及ばず、満面の笑みで喜んでいる。

女性が一緒と言っても、衆人環視の食堂敷地内であるし、二人きりな訳ではない。王太子と聖女候補の組み合わせとなれば分かるだろう。エーリクは目配せをし、女性の使用人を増やした。

「エーリク様とご一緒に食事できるなんて、夢みたいです！」

食事のマナーに関しては問題がなさそうだ。となれば、やはり貴族としての立《た》ち居《い》振舞《ふるま》いが難点なのだろう。現に今も許した覚えがない名前呼びをしているが、それを指摘するのは場の空気を悪くするだろうし、後で他の者が注意するであろう。

隣に座っているサウリの方は若干《じゃっかん》顔色を悪くして、アイニを何度も小声で制している。

「そうか。それでミッコラ嬢は……」

「その呼び方は止《や》めてください。ミッコラ男爵家とは、もうほとんど関わりを切っていますので……」

話を遮《さえぎ》られたのにも驚いたが、その内容に興味を引かれる。庶子《しょし》である事は聞いていたが、聖女になるための後《うし》ろ盾《だて》にメリカント家が後見に付いたはずだ。

「私のお母さんはミッコラ男爵家の使用人で、私は使用人の子として生まれました。ミッコラ男爵の血は引いてはいますけど、使用人と同じ扱いで、娘としては扱われていませんでした」

テーブルの上で手を擦《こす》る行為を繰り返すので目をやると、貴族の子女にしては手が荒れていた。

「そんなひどい扱いを受けていたのか……」

エーリクの隣のオルヴァが呟《つぶや》いているが、エーリクは使用人の娘であるのならば使用人の生活をするのは当然だと思う。男爵家の使用人で、その内男爵家の娘として嫁《とつ》がせるつもりがあるのならば、さほど酷使《こくし》されないと思うのだが、それはそんなに辛《つら》い事なのだろうか。

「勉強や礼儀作法は？」

「それは家庭教師に、仕事の合間に少しだけ……。少しでも間違えると、定規で叩《たた》かれてて……」

エーリクの家庭教師にも間違えると乗馬鞭《むち》を振るう者がいたので、別段不思議に思わず聞いていると、オルヴァが顔を真っ赤にして怒っており、アイニの隣のサウリが目を潤《うる》ませている。セラフィーナも幼少期の行儀作法を習う際に定規を使われたと言っていたと思うのだが、もしかしてあまり一般的ではないのかもしれない。

（アイニは貴族子女と使用人の娘としての両方の経験があるのか）

それはとても有益な存在だ。

何せエーリクは王子として生を受け、教育を受けていたために市井《しせい》の生活を知らない。たとえエーリクが視察に行っても、飾り立てられ過剰な歓待を受けるだけで、真の生活は見られないだろう。かと言って周囲にいるのも皆貴族の出であるため、今まで庶民の生活を聞きたくとも機会を得られなかった。

聖女候補から見た教会の事と、郊外の男爵家の生活が聞ければいいと思っていたのだが、これは思わぬ収穫だった。

「という訳で、これからもアイニの話を聴くために昼食を一緒にとる事になった」

セラフィーナの王妃教育時間が終わった後の王宮内の応接間で、エーリクは見慣れた者でしか気付かない上機嫌さでセラフィーナに報告した。いずれ夫婦になるのだから、情報の共有は大事だ。

「それはようございました。そういった経験をお持ちでしたら、貴族子女よりも庶民寄りの考えを持っていそうですね。そういった方の感想にはわたくしも興味がありますわ」

やっぱりセラフィーナは考え方がエーリクに近い。

エーリクは満足気に頷きながらお茶を口に含んで渇きを癒《い》やした。

「メリカント子息の方は、どうなさるんです？」

アイニを食事に誘うのならば、恐らくサウリも付いてくるだろう。とセラフィーナが訊《たず》ねる。

「ああ、彼も引き入れようと思っているんだ」

話してみると考えもしっかりしているので、ベルナルデッタ程ではないが側近候補に考えてもいいかもしれない、とエーリクは話した。

二人の生家でアイニの後見であるメリカント侯爵家は宰相《さいしょう》を務めながらも王室とは小さな衝突《しょうとつ》が多い。子供たちを全員こちら側に引き入れるともう少し大人しくなるかもしれない。

続けると、セラフィーナの表情は微笑んではいるが微妙だった。

「何か問題があるか？」

「メリカント侯爵を牽制《けんせい》するのはいいと思いますけれど、メリカント子息ではいささか役不足かと」

「そうは言っても、高等部一学年では彼が一番成績もいいみたいじゃないか」

優秀な者はひとまず引き込んでおきたい。

「学校の成績はいいみたいですけれど、どうでしょう。それにベルナルデッタとの仲も気になりますわ」

セラフィーナの言いたい事も分かるが、サウリはまだ一学年だから、環境が変われば成長の見込みがあると、エーリクは思う。だがセラフィーナは、ベルナルデッタを殊更《ことさら》気に入っている。

「ベルナルデッタと同じ環境で育っておいてあのレベルでは、いささか心配ですわ」

「ベルナルデッタと比べては可哀想《かわいそう》だろう。私はまだ伸びしろがあると思うがな。側近を育てるのも上に立つ者の仕事だろう？」

言いながらも、セラフィーナには既にベルナルデッタとサンドラが侍《はべ》っているから、これは自分の課題かと思い直した。

「少し様子が見たい」

「かしこまりました、殿下」

みなまで言わずとも、セラフィーナはいつものようにエーリクの意向を汲《く》んでくれた。婚約者は既に最上の者がいてくれるのだから、エーリクは安心して前を向いて進めるのだ。

⁂

それからも学園内では昼食時や放課後など、アイニから色々な情報を得た。最近では登校してすぐに会うので、護衛を務めるオルヴァと同じくらい一緒にいる気がする。

「それでですね、街ではもうすぐ収穫祭があるんですよ！　去年はサウリくんと一緒に行ったんです」

「そうだったね」

「ほぅ」

建国祭や新年祭といった国をあげて行う祭りであれば王族にも関わりがあるが、そういった市井のみで行われる祭りは見た事がなかったエーリクは興味深くその話に耳を傾けた。

「一度見てみたいものだな」

口に出してみて、実際の街の様子を見られるのも今この学生の時分だけではないかと思ったエーリクは、しばらく考えた。やはり街の様子は直接見てみたい。もうすぐ祭りと言うのであれば、既に何かしらの用意が進んでいて、その片鱗《へんりん》だけでも見られる可能性がある。

祭りの日は人出が多くなるだろうし、そんな中出歩くのでは護衛の者にも迷惑を掛けるだろう。祭りは来週だとアイニは言っていた。祭り前であれば、その準備で祭りの様子の片鱗でも感じられるかもしれない。身分は隠しつつ、護衛騎士には変装して離れて付いて来てもらえば可能だろうか。一応従者たちにも報告しておこう。

次の日の昼食時、サウリは教師に用事があるとのことで不在だった。

エーリクは早速昨日従者や護衛たちに確認し練《ね》ってきた提案を、アイニにした。

「アイニは明後日の休日は空いているだろうか？」

「え？　特に、外せない用事はありませんが……」

戸《と》惑《まど》いながら答えるアイニに、エーリクは笑顔で続けた。

「それならば、街に行かないか？　先日の祭りの話を聞いて私も見てみたくなった。アイニは男爵家にいた頃はよく出歩いていたんだろう？」

メリカント侯爵家に引き取られ、王都に来てからも色々出歩いているという話だし、案内を頼めないだろうかと打診してみる。どうせなら、庶民目線で街を見たかった。

「俺も行きます！」

アイニが答える前に、昼食の席に同席していたオルヴァが声を上げた。

「いいのか？　その日は用事があると言っていなかったか？」

「あー、いいんですよ。どうせくだらない用事で、乗り気じゃなかったんで」

オルヴァは校内限定の護衛見習いであるし、既に騎士団の演習にも加わったりしていると聞いている。婚約者もいるから休日は忙しいだろうと思ったのだが、オルヴァは「大丈夫です！俺も興味があるので行かせてください！」と同行を主張したので頷いた。大所帯は困るが、一人二人増えるくらいなら問題ないだろう。護衛騎士にも連絡しておこう。

サウリも行くかとアイニから伝えてもらうように言ったが、どうもその日は用事があるとの事で、この三人で街へ視察に行く事になった。

もちろんその日、王宮で会った時にセラフィーナにも伝えた。

「そうですか。珍しい物が見られるといいですね」

「ああ、土産話《みやげばなし》を楽しみにしていてくれ」

街へ出る日、エーリクは溢《あふ》れ出る気品を誤魔化《ごまか》すためにお金持ちの商家の息子《むすこ》といった出《い》で立《た》ちで、帽子を被《かぶ》った。オルヴァも帽子こそ被っていないが、同じようにほどほどに高価で綺《き》麗《れい》な服を着て、アイニもそれに合わせたように薄緑色のワンピース姿に髪をリボンで結んで市井のお嬢さん姿だ。

「アイニ、可愛いな！」

「えへへ、ありがとうございます。こういう格好《かっこう》って懐《なつ》かしいです。あ、ミッコラ男爵の所にいた時よりもこっちの方が上等な服ですけどね」

「そうなのか」

地方の男爵家などより、王都の商家の方が裕福というのはよく聞く話だ。感心してまじまじと見ていると、アイニの頭に付けられたリボンが目に留まった。

「アイニ、そのリボン……」

「あ、はい！　か、カワイイですか？」

聞かれて、改めてじっとリボンを見る。ワンピースに合わせたのか、緑色に白の刺繍《ししゅう》が入ったリボンだった。その生地には見覚えがあった。タルティーニ地方で織られている生地で、質がよく今貴族の女性の間で注目だとサンドラから先日聞いた。その際にサンドラがセラフィーナとベルナルデッタに生地を贈っていたので、ベルナルデッタからアイニに渡ったのだろう。

「ああ、タルティーニの生地だな」

アイニは瞳を輝かせて喜んでいたので、正解だったのだろう。オルヴァの方はむっつりとした顔になっていたが。

「人が多いな」

とりあえず歩き出した。街は祭り前の飾りつけでいつもより華やいでいるらしい。

「あれは何だ？　どうして道端に物を並べている」

「あれは露店ですよ。建物なしでもお店が開けるんですよ」

王太子であるエーリクの買い物と言えば、基本商人たちが王宮に品物を持って来るし、店と言えば建物を構えているものだと思っていたので、エーリクは興味深く露店を見て回った。祭りの前だからいつもより多いのだと言われ、その内容も多種に渡っていた。装飾品や工芸品から食べ物まであった。アイニは買い食いをしたがったが、エーリクは王太子として毒見のいない状態での食事は限られた場所でしか許されていないので断った。

「あ、あれカワイイ！」

一つの露店でアイニは白い花を模した髪飾りに目を留めた。材質は粗末《そまつ》だが、装飾が意外と凝っているのに値段が安く、費用対効果としてはいい物だとエーリクは感心した。そう言えば、アイニには休日にわざわざ街を案内してもらっているのに報酬《ほうしゅう》のひとつも渡していなかったなと思い出し、その髪飾りが気にいったのならと手に取ろうとしたのだが、それよりも早くオルヴァの手が掴《つか》んでいた。

「アイニ、俺からのプレゼントだ」

「えっいいんですか⁉　わあ、嬉しいです～」

露店の者に金を払い、包みもない髪飾りをオルヴァがアイニに差し出すと、アイニは心から嬉しそうに受け取った。

（先を越されてしまった）

アイニへの礼は、後日改めて王室から贈る事にしよう。ミッコラ男爵家……いや、メリカント侯爵家宛てに送った方がいいのだろうか？　学内の事だからあまり大げさにしない方がいいとは思うが……またセラフィーナに相談してみよう、などとエーリクが考えていると視線を感じて顔を上げたら、オルヴァと目が合った。アイニは新しい髪飾りをすぐ付けようと、露店の者に鏡を借りて離れた場所にいる。

「殿下はその……」

「何だ？」

オルヴァは何か言いたそうにしては止めると言う行為を数度繰り返した後、意を決したように口を開いた。

「アイニの事をどう思っておいでなのですか？」

「聖女候補として励んでほしいと思っている」

エーリクの答えに、オルヴァが顔を顰《しか》める。どうやら期待していた答えとは方向性が違ったらしい。エーリクはしばし考え、答えを付け足した。

「今まで周囲にいなかった種類の人間なので、とても勉強になる」

「それは……アイニの事を好ましく思っているとか、今後もっと親しくなりたいという事でしょうか？」

重ねて訊ねられ、エーリクの目がすがめられる。

「いや、聖女候補と王族でこれ以上親しくする必要はないだろう。何を言っている？」

アイニが好ましかろうがなかろうが、王族として、次期王となる身として、今後教会の象徴である聖女候補と親しく接する事はないだろう。現在、身分は関係なく過ごすようにと言われている学内だから、学生として見聞を広めたくて交流しているが、卒業したらそうはいかない。立場がある。そのための学園だとエーリクは思っている。

（なぜアイニと私の関係を気にするのだ？　立場を考えれば分かるだろうに）

オルヴァの質問の意図が読み切れずエーリクは内心首を傾げたが、当のオルヴァは悩みが消えたかのように晴れ晴れとした笑顔になっている。

（私はまだまだ未熟で、分からない事だらけだな）

そう思ったのもつかの間、翌日登校した後、自らの至らなさを更に痛感させられる出来事が起こった。

　いつものように放課後に食堂サロンでオルヴァとサウリとアイニと待ち合わせた際、アイニが近くにいた女子生徒と何か話してから、興奮したように騒ぎ始めた。目を向けた時には既にアイニは食堂を飛び出し、サウリが止める声も聞かずに走り去って行った。

慌《あわ》てて追いかけて行くサウリと、自分も追いかけたいがエーリクを置いていく訳にはいかずに狼狽しているオルヴァを横目に、エーリクはアイニと直前まで話をしていた女子生徒に話しかけた。

「アイニと何の話をしていたんだ？」

「え、えっと……あの……」

　女子生徒は青ざめてキョロキョロと落ち着きなく目を動かしながら、体を後ろに傾かせている。エーリクの耳に入れたい話ではないのだろう。しかし現状を理解しなければ事態の収束も出来ないと、エーリクは重ねて女生徒に訊ねた。

「大丈夫、その事で特に君を罰したりしないから、教えてくれないか？」

　距離を詰め内緒話のように囁《ささや》くエーリクに、女子生徒は今度は顔色を桃色に染めながら口を開いた。

「その……先日のお茶会で、セラフィーナ様が、エーリク様との婚約は義務だと仰《おつしや》られていたと……」

「？」

それの何が問題だと言うのだろうか？　王族の結婚は政治に関わる一大事であり、エーリクは王太子、次期国王だ。次期国王の結婚相手ともなれば、今後の国の舵《かじ》取《と》りを左右する重要な存在だ。

そのため最適の相手を決め、選ばれた者は王妃として責務を全《まっと》うしなければならない。セラフィーナはそれをよく理解し、励んでくれている。

「セラフィーナは婚約者として最高だと私は思っている」

「え」

意外な事を言われたように目を丸くする女子生徒を置いて、オルヴァを振り返り、共にアイニが向かったであろうセラフィーナがいつもお茶会をしている中庭の温室サロンへ急いだ。

「エーリク様との婚約は義務だけだって言ったって聞きましたよ!?　ひどいです、愛のない結婚なんて、エーリク様がかわいそうです！」

サロンが設けられている温室に入った途端、アイニの糾弾《きゅうだん》に似た叫び声が聞こえた。声の方に歩みを進めると、セラフィーナを睨みつけ息を荒らげているアイニと止められずにオロオロしているサウリの後ろ姿、そして悠然《ゆうぜん》と微笑むセラフィーナと目が合った。

「皆様お揃《そろ》いのようですから、少しお話ししましょうか。――エーリク殿下方もどうぞ、お掛けください」

いついかなる時でも冷静で優雅で、自分の婚約者は本当に最高の女性だとエーリクは小さく笑ってアイニたちを促《うなが》し、席に着いた。

同じ卓には、エーリクたちの他にサンドラとベルナルデッタも座った。セラフィーナの側近候補として、そしてアイニの教育責任者として当然だろう。セラフィーナの侍女に出されたお茶を飲んで、アイニが渋い顔をしてまたひと悶着《もんちゃく》あったが、セラフィーナは変わらず微笑んで話を進めた。このお茶会の主催者《しゅさいしゃ》はセラフィーナなので、エーリクも黙って従う。

「何度かお話ししましたが、こうしてきちんと場を設《もう》けた事はありませんでしたね。わたくしはそれでいいと思っていたのですが、一度きちんとお話しした方がよかったみたいですね」

アイニにそう語りかけるセラフィーナは、確かにこれまでアイニとほとんど言葉を交わしてこなかった。エーリクの方が聖女候補であるアイニとは交流を持っているので、セラフィーナまで交流を持つ必要はないだろう。エーリクもそう思っていたのだが。

「無理しないでください、エーリク様！　いくら王子様だからって、政略結婚で義務だけの関係なんて、お辛いに決まっています！」

アイニが涙ながらにそう訴えながら、あろう事かエーリクの手を握ってきた。

言われている意味も分からないが、行動の意味も分からずエーリクは手を握られたまま思案した。

（王子だからって政略結婚が辛い？　いや、王族の結婚とはそういうものだし。聖女だって婚《こん》姻《いん》はせずに子だけを産む慣習だったはずでは？　そもそもなぜ手を握っているのだ？　男女で

そういった事をするのは、婚姻関係もしくはそれに準ずる関係だけではなかったか？）

　エーリクがぐるぐる悩んでいる内に、サンドラがいきり立ち上がり、セラフィーナが笑いを漏《も》らし、アイニがそれに声を荒らげた。

　エーリクの視線がセラフィーナに向かう。口元に閉じた扇の先を当てているが、口角が上がっているのが見える。その扇もエーリクからの贈り物だ。黒髪のセラフィーナには、どんな色でも似合う。

「どうしてわたくしが、殿下が少し興味を持っただけの、ちょっと毛色の違う子犬に、嫉妬《しっと》しなければなりませんの？」

　にこりと笑って放たれる言葉に、アイニが固まり震えだす。

（ああ、そうだ。そうだな）

　エーリクは改めて、自分とセラフィーナが他とは違う立場である事を再確認する。

　ここにいる誰よりも強く気高く賢く、上に立たねばならない存在だった。

　聖女候補に手を握らせるなどして、いい訳がなかった。

「……そうだな、私は川イタチに似ていると思っていた」

　手をするりと振りほどきながら、エーリクが感想を言うとアイニが涙目で見上げてきた。もしかしてだが……彼女は何かを期待していたのかもしれない。

（王族と聖女でなどあり得ないし、私にはセラフィーナがいるのに？）

　エーリクには信じられなかったが、お茶会の後に王宮で会ったセラフィーナに改めて「そういう人もいるのです」と言われた。

先ほど王妃見習いとしての貫禄と輝きを見せてくれたセラフィーナは、聖女と王太子のロマンスを意図的に広めた生徒の資料を渡してきた。

「これ以外にも、物語に乗せられて噂《うわさ》に加担した生徒が多くいますわ」

「そんなに……。王室から正式に発表されている婚約なのに？」

「ええ。意図的に軋轢《あつれき》を生じさせようとしている者以外は、噂であれば自分は何もしていない気になるのでしょう」

女子生徒の間で流行《はや》っている物語の王子と結ばれる相手が、少しアイニに境遇が似ている、それだけの事と聞いてエーリクは改めて驚いた。

「私もセラフィーナも次期国王となるために全てを投じて学んでいるのに、それだけでは駄目なのか……」

言われてみれば、オルヴァのあの質問もエーリクにアイニへの恋慕《れんぼ》がないか確かめたかったのか。そんな筈《はず》はないだろう、とエーリクが主張しても全ての人間が信じる訳ではない事実に驚嘆すらした。

「いいえ。殿下はそれでよろしいのです。周囲の環境を整えるのはわたくしの仕事でした。さすがに物語ごときに影響される筈はないと高《たか》を括《くく》っておりましたが、わたくしの予想よりも本校の生徒の意識は低かったようです。申し訳ございません」

次期国王夫妻としては、学内くらい掌握《しょうあく》して然《しか》るべきだと、セラフィーナは自責の念に駆られていた。とは言え、上に立つ身としては本人が動くのではなく、周囲に自分の意思を伝え動かす事が重要だった。それゆえ、側近候補が皆アイニに近すぎたのもまずかった。ベルナルデッタだけはセラフィーナの地位を不動のものとして見ていたが、積極的に行動はしなかったし、サンドラに至ってはセラフィーナの態度に不満を持っていた。それ以上にエーリクの側近候補たちがまずかったが。

「いや、今回の事で私も側近候補に関してはもう少し危機感を持つべきだと思った」

オルヴァもサウリも、エーリクよりもアイニを優先しがちだった。側近候補としてあるまじき行為だ。

「今回の事で、皆意識を改めたと思いますよ。まぁオルヴァは近いうちにサンドラに捨てられるでしょうしね」

「捨てられるのか」

「ほぼ確実に」

オルヴァの少々足りない部分を担《にな》う者としては、サンドラ以上にふさわしい令嬢はいないと思うのだが、困った事になった。エーリクの方でもオルヴァの次の婚約者候補を少し探しておくべきか。同世代でサンドラ程商才と社交性を持った者はそうそういないだろうから、かなり年上の女性というのもいいかもしれない。

「アイニさんも、思い込みが激しいだけで愚《おろ》かではないでしょうから、今後もう少し様子を見てもよろしいかと」

「ああ、確かに、私もそう思う」

根本の部分で身分と学園について勘違いしていただけで、会話をした際には受け答えも自分の考えもしっかり持っていた印象だ。

「彼女は聖女になるでしょうし、ベルナルデッタはわたくしの側近候補ですから、いい関係が築けると思いますわ」

「いい関係」、すなわち「いい駒」になるだろう、とセラフィーナは微笑む。

本当に、素晴らしい伴侶を持ったとエーリクは改めて実感し、自らの更なる向上を心に誓うのだった。

閑話二　男子生徒達の噂話

「マケライネンが婚約破棄されたらしいぞ」

「本当に？」

「いや、破棄じゃなくて解消だろ？」

「同じだろ。ついに捨てられたか」

「名誉的に違うだろう。破棄じゃあ次の婚約にも響くだろうし」


学園生徒の注目の的だった聖女見習いと王太子の噂《うわさ》が落ち着いた頃、男子生徒たちの間に激震が走る情報が飛び込んできた。

聖女見習いと王太子のロマンスに関しては、女子生徒が楽しみ半分でしていた噂で親教会派の家の者以外はほとんどが本気にしていなかった。案《あん》の定《じょう》、セラフィーナが王太子婚約者としての貫禄《かんろく》を見せ、学園内の女子生徒を完全に掌握《しょうあく》して事は落ち着いた。だからほとんどの男子生徒は、自分たちには関わりのない女の争いが終わったとだけ思っていた。

しかし現実に騒動の渦中《かちゅう》にあった聖女見習いと親しかった男子生徒が婚約解消に至ったとなれば、話は別だ。

聖女見習いアイニ・ミッコラに関しては、久しぶりの聖女の素質を持つ少女で、少し世間知らずで人懐《ひとなつ》っこく可愛《かわい》らしい容姿から、彼女を厭《いと》う男子生徒はほとんどいなかった。何よりも彼女自身が、下心なしに男女分け隔《へだ》てなく接するので、特に幼少期から婚約者が決まっており、女子との関わりが少なかった男子生徒の癒《い》やしの存在となっていた。

通常であれば婚約者以外の異性と親しくするのはご法度《はっと》であるが、なにせ彼女にその気がないのだ。その上彼女は聖女見習いで、将来は教会に所属するのでまかり間違っても彼女との婚《こん》姻《いん》はない。そんな訳で、女っ気のなかった男子生徒は彼女との交流を楽しんでいた。

オルヴァ・マケライネンもその一人だと思われていた。

なぜなら彼は既《すで》に王太子の側近候補で、同じく王太子婚約者のセラフィーナの側近候補であるサンドラという婚約者がいる。それだけでも絶対であるのに、性格的にも家業的にもサンドラはオルヴァにピッタリの婚約者だというのは周知の事実だった。

だからいくらオルヴァがアイニに対し優しく接し、婚約者のサンドラと対立する姿が見られても、その婚約がなくなる事などありえないと皆が高《たか》を括《くく》っていた。

だが結果はこれだ。

「これは……まずいんじゃないか？」

子爵家《ししゃくけ》嫡子《ちゃくし》のオルヴァとアイニが結ばれる事などあり得ないのだから、アイニを慕《した》うそぶりを見せようが見逃してもらえる。そう考えていた男子生徒たちは、背筋に冷たいものを感じた。自分たちも、聖女見習い相手だから婚約者に目こぼししてもらえると、楽観していた。

「しかもよりにもよって、アルディーニ嬢の新しい婚約者は、マケライネンの実弟らしい」

「は!?　跡目《あとめ》が交代するのか!?」

「いや、そうではないらしいが……分からなくなったな」

マケライネン家はそれに関しては何も明言しておらず、アルディーニ家は関与を否定しているが、傍《はた》から見ればオルヴァの劣勢は明らかだ。商才と社交性に優れて女主人として申し分のないサンドラを失っただけではなく、それが弟の妻になる可能性が生じたのだ。まさか聖女見習いに現《うつつ》を抜かしているだけで、跡目まで奪われる可能性が出てくるとは思いもせず、身に覚えのある男子生徒たちから冷や汗が溢《あふ》れ出てくる。

「俺……ちょっと婚約者をお茶に誘おうかな……」

「僕もそうしよう。最近あんまり会っていなかったし……」

オルヴァの二の舞だけは御免だ。そう思った男子生徒たちは自然とアイニから距離を取り、自身の婚約者のご機嫌を取る事に注力した。


「それにしても、サンドラ嬢を失うのは痛いだろう」

婚約者をないがしろにしなかった男子生徒たちの話は続く。

サンドラは貴族から見て伴侶《はんりょ》としてはかなり条件がいい。何せアルディーニ家は資金面も潤沢《じゅんたく》で、王太子婚約者セラフィーナの側近候補でもある。未来の王妃の側近の妻を持てば自身も王室の覚えがめでたくなるのは確実だ。

「まぁ……サンドラ嬢は物言いとかがキツイからなぁ。元から合わなかったんだろう」

男子生徒たちの脳裏に、金色の髪をいつも完璧《かんぺき》に巻いて光り輝くサンドラの自信に満ち溢れた笑顔が浮かぶ。

「確かに……癒やしはないな」

「殿下《でんか》が『他者に癒やしを求めるのは軟弱だ』と仰《おっしゃ》ったらしいぞ」

「ぐ」

その場にいた男子生徒全員が口を噤《つぐ》む。誰も何も言わないが、それでも女性に癒やしを求めるのは男として当然だと思った。しかし口にすれば軟弱者扱いとなるので黙るしかなかった。

「まぁ……殿下はほら、婚約者殿含め完璧だから……」

エーリクもセラフィーナも初等部に入学した時からずっと成績はトップで品行方正で非の打ち所がなかった。

「セラフィーナ様もな……美しいが、隙《すき》がないからな……」

黒髪紫目の神秘的な美しさを持つセラフィーナは、いつも微笑《ほほえ》みを絶やさないが、王太子の婚約者である事を差し引いても近寄りがたい雰囲気《ふんいき》を漂わせていた。

「遠くから眺《なが》める分には最高なんだがね」

「そう言えば、最近メリカント嬢の雰囲気が変わったと思わないか？」

一人の男子生徒の言葉に、その場にいた全員があぁ、と頷《うなず》く。

「髪型を変えるだけで、女性というのはあんなに変わるんだな」

「それだけじゃなくてさ、前は控えめも行き過ぎて目が合う事すらなかったけど、最近は背筋が伸びて目も合うようになっただろう」

「メリカント嬢か～。そういえばまだ婚約者がいないんじゃなかったか？」

「え、侯爵家《こうしゃくけ》なのに？　今のメリカント嬢だったら俺有り……」

言いかけた所で、肩に固いものがぶつかり言葉が止まり、苛立《いらだ》ちつつ振り返る。

「何……」

「失礼」

かなりの至近距離にあった顔と低い声に、ぶつかられた男子生徒の腰が引ける。

その様子を見下ろしながら、トリニア国公子《こうし》リュシアンは全く笑っていない目で微笑んだ。

「考え事をしていたので前を見ていませんでした。すみません」

謝ってはいるが、威圧感のある態度にぶつかられた男子生徒は謝罪を受け入れるしかなくコクコクと頷いた。リュシアンはもう一度ニコリと笑って、その場を去っていった。

「何だったんだ……？」

「いや、そもそもこの広い廊下でぶつかるか？」

男子生徒たちは困惑《こんわく》しながらも、先ほどのリュシアンの冷たい空気に怯《おび》え、話を切り上げて帰路に着いた。

八　聖女見習い　アイニ・ミッコラの願い

物心ついた頃には、自分は浮いた存在なのだと感じていた。

アイニは僻地《へきち》の領主をしている男爵家《だんしゃくけ》のメイドの娘として生まれた。

小さい頃は同じ使用人の子たちからは仲間外れにされ、その親である使用人たちからは遠巻きにコソコソと嫌な事を言われていた。男爵夫人、お嬢様やお坊ちゃまからは、よく睨《にら》まれたり足を引っかけられたりして、どうしてこんな目に遭《あ》うのかと母親に泣きついても、母は「ごめんね」と言うばかりだった。

少しして、自分が男爵の子供だという事を知った。それは、一応男爵家の血は引いているから最低限の教育を始めると急に言われたからだ。

「お前は母親に似て可愛《かわい》い顔をしているからな。その内地方貴族か商人に嫁に出せるかもしれない」

父親の男爵はそう言って、アイニに家庭教師を付け、礼儀《れいぎ》作法と基礎的な勉強を教える事にした。その時にはすでにアイニは子供ながらに使用人の仕事の手伝いをしていたが、その一部の時間が教育に変わった。その時間は仕事をしなくてよいので、他の使用人の子たちからは「ずるい」と言われた。間違えると物差しで打たれるアイニにとって苦行の時間だから、代われるものなら代わってほしかった。

　そうやって男爵の娘としても扱われるようになると、男爵夫人と義兄《ぎけい》義姉《ぎまい》からの当たりがさらに目に見えてきつくなっていった。

「使用人はいくら作法を習っても、にじみ出る庶民《しょみん》の匂《にお》いは抜けないわね」

　一番上の義姉はそう言って頭から紅茶をかけてきた。

「こんな子が私たちと同じに扱われるなんて、我慢《がまん》できない！」

　二番目の義姉はそう言って礼儀作法用のアイニのドレスを破った。

「その媚《こ》びるような目……本当にお前の母親にそっくりよ。汚《けが》らわしいこと」

　男爵夫人はそう言って家庭教師にもっときつく叩《たた》くように指示をした。

　そうして使用人の子供としての仕事と男爵の娘としての教育で、毎日目が回るような忙しさだったアイニはいつも一人だった。

（好きで男爵様の子供に生まれたわけじゃないのに……）

　ただの使用人の娘であれば、こんなイジメに遭う事も皆に冷たくされる事もなかったのに。

（お母さんが使用人なのは私のせいじゃないのに……）

　使用人との子ではなく、正妻じゃないにしても貴族の愛人の子なら使用人の仕事をする事もなかったのに。母は男爵のお手付きにはなったが、愛人として取り上げられる訳でも優遇される訳でもなく、ただ男爵が気まぐれに構うだけの相手だった。

結局アイニは、本人の意思とは関係なく男爵家で孤立した存在だった。

そんな日々が突然変わる事件が起こったのは、アイニが十五歳になった日だった。

アイニはおつかいで町に出た。町とは言っても、ミッコラ男爵領は辺境で領民数も少ない田舎《いなか》で、住宅と店が集まっている一帯と言うだけで、村と言った方が近いかもしれない。

指定の物を大体買い終えた時、馬小屋の前で一頭だけいる馬がぐったりとしているのを馬丁《ばてい》が撫《な》でているのに気づいた。他の馬はみな放牧地に放牧されていた。

思わずどうしたのかと話しかけると、昨夜からこの調子だという。まだ若い馬なのに、どうしたものか。悪い病気なら処分しなければならないと困った様子の馬丁を尻目に、一頭だけ取り残されている馬が可哀想《かわいそう》に思い、アイニも撫でてやった。

その時、ホワッとアイニの手が小さく光り熱を持ったかと思うと、馬が急に元気よく立ち上がった。何故《なぜ》だろうと思ったが、アイニも馬丁もその理由が分からずその場では「よかったですね」と言って別れた。

しかし不思議な話だと、馬丁がその話を周囲に話し、それが教会の耳に入った。そして町の司祭が男爵家を訪れ、アイニには『光魔法』の才能があると言われたのだ。

この国の人間は魔力はあるが、魔法として体現出来る者は少ない。中でも『光魔法』が使える者は稀《まれ》で、癒《い》やしや浄化といったその内容からも重宝され、特に教会が光魔法の遣《つか》い手《て》を上層部に迎え入れていた。

つまり『光魔法』に目覚めたアイニは、男爵家の庶子《しょし》からいきなり、上級貴族と同等となる

『聖女』になる未来が約束されたのだ。

「アイニが聖女ですって!? 何かの間違いですわ、お父様！」

「そうですよ、あのいやらしい女の娘が聖女などと……！」

騒ぎ立てる夫人と義姉を、男爵はため息を吐《つ》きながら手で制した。

「他でもない、司祭が確認を取ったのだ。近日中に大聖堂に行って、手続きなどをする事はもう決まっている」

「そんな……」

呆然《ぼうぜん》とする義姉たちの中、アイニは自身の事であるのに目まぐるしく変わる事態に付いていけずに、きょろきょろと周囲を見渡した。いつもアイニを見下《みくだ》しいびってくる義姉は悔《くや》し気《げ》に顔を歪《ゆが》めており、義兄は信じられない者を見るような目で、夫人にいたっては憎悪の視線を向けてきている。ただ一人、男爵だけは嬉《うれ》し気にニヤニヤと笑っていた。

「金だけの商人か土地持ちの貴族に嫁《とつ》がせようと思っていたが、まさか私の娘が『聖女』とはな。聖女の実家として、我がミッコラ家は教会に優遇されるだろうから、社交界での地位も上がるだろう。もしかしたら陞爵《しょうしゃく》もあり得るかもしれん！」

アイニが光魔法を使える事は、どうやら家のためになるようで浮かれている。

それを聞いても夫人と義姉はアイニを睨んできたが、噂《うわさ》を聞いた使用人たちは手のひらを返したようにアイニを敬《うやま》い始めた。男爵の庶子であってもその男爵家に使用人扱いをされていれば自分たちと同等だが、聖女となればそうもいかないらしい。

母は喜んでくれているようだったが、どこかよそよそしくなった。

それからしばらくして都会の大聖堂へ行き、初めて見る立派な建物に圧倒されながら司教という老人と司祭という壮年《そうねん》男性に会った。

そこで、ひとまずは王立学園に通い、貴族として学ぶように言われた。王立学園はアイニのような田舎貴族の庶子はもちろん通えないと思っていたから、驚いた。それから光魔法の前に魔力の扱いを教える教師は、教会から派遣《はけん》されると言われ、それもよく分からないが頷《うなず》いた。

そして更に司祭が告げた内容に、同行していた男爵が顔色を変えた。

「どういう事ですか、アイニは私の娘ですよ！　それを侯爵家《こうしやくけ》の後見を付けるなんて……！」

「先ほども言ったとおり、ミッコラ男爵家ではね、聖女の後《うし》ろ盾《だて》としては弱すぎるんですよ」

冷たい目をした司祭は、淡々と男爵を諭《さと》した。上級貴族と同等になる聖女と田舎の男爵家では釣り合いが取れない上に、教育も間に合わないと止まることなく続けられる言葉に、父親の顔がどんどん赤くなっていく。実際アイニが受けている教育は田舎の男爵家の更に最低限の事なので、それも踏まえて教会側はアイニを男爵家から離す事に決めたようだ。

学園に入る前に後見人となった侯爵家で半年間の教育を受ける事となり、アイニは早々に男爵家を出る事になった。

司祭から聞いた話では、もうこの家に戻る事はないとのことだった。

寂しくはなかった。寂しいわけがなかった。

アイニはいつも一人だったから。

侯爵家に行くと聞いた下の義姉が急にすり寄ってきて、侯爵の息子《むすこ》か娘を紹介してくれと言われたが、アイニはもうこの家に戻る事はないのだから無理な話だ。そう言うと義姉は手を振り上げたが、アイニの立場を思い出し、歯ぎしりをして部屋を出て行った。

侯爵家の後見を受け、学園を卒業したら教会に入るのが決まっているアイニは、既《すで》にこの家の誰よりも身分が高かった。

近日中に侯爵家に行くというので、その荷造りをしていると母が仕事を終えて帰ってきた。

使用人親子は同じ部屋だから、母はすぐにアイニの荷物に気付いた。

「侯爵家にお世話になる事になったの。だから学園も、侯爵家の王都のお屋敷から通うの」

端的に伝えると、母は知っていたのか驚いた様子は見せず、すぐに視線を落とした。

「そう……」

「…………もう、このお屋敷に戻ってくる事はないと思う」

「そうね……」

俯《うつむ》いて小さく返す母に、やっぱりという気持ちでアイニは視線を逸《そ》らした。

何か優しい言葉を掛けてくれる事を期待していなかったと言ったら嘘《うそ》になる。

父親が父親として機能していないアイニにとって、母は唯一《ゆいいつ》の肉親だ。

「お母さんはいつも、そうだね……」

使用人の子供たちに仲間外れにされた時も、義姉にイジメられた時も、仕事を押し付けられた時も、家庭教師に手をぶたれた時も、母に訴えたが「そう」と「ごめんね」だけ。

アイニを慰《なぐさ》める事も、一緒に怒ってくれる事もなく、母はただ哀《かな》しげなだけだった。

いつだって、「自分が一番可哀想」という顔をしていた。

男爵家の使用人に採用されたのに、主人に手を出されて可哀想。

望まぬ子を産んで可哀想。

愛人に取り立てられる訳でもなく、優遇される訳でもなく、同僚からは避《さ》けられ主人の家族からは当たられて可哀想。

娘がイジメられて可哀想。

今だって、娘は侯爵家に行くのに、自分は残されて可哀想だと思っているのだろう。

母はよく言えば控えめ、悪く言えば周囲に察してもらおうとするタイプだった。自分から行動する事も主張する事もなく、ただ「可哀想な私」という雰囲気《ふんいき》を出しているだけ。

きっとアイニが教会に申し出れば、母も侯爵家に一緒には無理だろうが、教会で聖女の母親として多少の優遇は受けられるかもしれない。

でもアイニは何も言わなかった。

ずっと、母に訴え続けていた自分の要求は、何一つ受け止めてもらえなかったのだからと。

この家で、アイニと『同等』になれるのは母だけだったが、母はアイニと自分を同等にはしてくれなかった。

王立学園の事は、義兄と義姉から散々自慢されたので知っている。王国中の貴族の子が集められていて、九歳で入学する初等部から十八歳で卒業する高等部まであり、何よりも学園内では身分に関係なく学び合えるのだ。

（身分に関係なく、みんな一緒だなんて素敵！　学園に通えるのが楽しみ〜！）

　この家で使用人にも、貴族の子にもなれなかったアイニは、その事に心から歓喜《かんき》した。


　連れて来られた侯爵家……メリカント侯爵の屋敷はミッコラ男爵家の倍以上あった。内装も男爵家とは比べ物にならないくらい豪華で、アイニはせわしなく見まわした。

　アイニをここまで連れてきた教会の人間に侯爵に引き渡され、それから侯爵家の家族を紹介された。

　娘のベルナルデッタは二つ上で、王立学園の先輩でもあるので学園の作法などを教えてくれるという。銀の髪に赤みがかったピンクの瞳の美人だが、伏《ふ》し目《め》がちで何だか気弱そうだ。アイニの義姉たちは男爵の娘という事で威張りくさっていたのに、侯爵家の娘でも気弱な人がいるんだなと意外に思った。

　反して、息子のサウリは侯爵と同じ銀髪に青い目で、自信に溢《あふ》れた表情をしていた。アイニと同じ年らしく、ちょっと値踏みをするような目で見られたが、アイニがニコリと笑いかけたら、ちょっと顔を赤くして笑い返してくれたので、アイニが今まで接してきた使用人仲間の男の子たちよりよっぽど素直そうだ。

　侯爵家では広いお姫様のような部屋が与えられ、ほつれも破れもない綺麗《きれい》な服を着て、侯爵家の人たちと一緒に美味《おい》しいごはんを毎食食べられた。男爵家時代は、マナーを見るために家庭教師の前で一人で食事をするか、使用人が順番で食事を取っていたので、こうして誰かと一緒に食べる事自体、幼い頃に母と一緒に食べて以来だった。

(すごい……！　みんな一緒に同じ物を食べてる！　ここでは私も〝同じ〟なんだ！　そうよね、私は上級貴族と同等になるって言ってたもん。私は侯爵家と同じなんだ！)

朝早くに起きて掃除洗濯《そうじせんたく》もしなくていいし、嫌みを言って来る義姉や義母もいない。侯爵家の使用人は皆アイニを大事な客人として、お嬢様扱いしてくれた。朝から晩までぎっしり勉強時間なのも、男爵家時代に比べたら何も辛《つら》くないと思った。

しかし、男爵家時代の『貴族として最低限の嗜《たしな》み』程度の勉強とは難易度が違った。間違えても物差しで叩かれたりはしないが、毎度アイニが勉強に詰まるたびに家庭教師が困ったようにため息を吐くのが嫌だった。

(まるで、私が『下』みたいじゃない……)

特に嫌だったのは、ベルナルデッタの作法の時間だ。

上級貴族としての礼儀作法は別の先生が付いていたので、ベルナルデッタには学園で必要な作法を中心に教わるのだが、『身分が関係ないはずの学園』で作法が必要なのが、アイニは納得いかなかった。

その上ベルナルデッタの授業は淡々としていて面白みがない。今も貴族の家門というのをつらつらと抑揚《よくよう》なく語っているが、正直眠くなる。他の教師と違って威圧感がないのもアイニの緊張感を薄くさせた。

「アイニ、勉強終わった？」

「サウリくん！」

サウリが様子を見に来る事は、たびたびあった。

アイニは最初、ベルナルデッタを見下す様子だったサウリの事が少し苦手だった。だって同じ侯爵家の子なのに、どうして上下を作ろうとするのか。姉弟《きょうだい》なのだから仲良くすればいいのに、と思ったが使用人たちの噂話で侯爵夫人が後妻で、ベルナルデッタとサウリは母違いの姉弟だと知った。きっと跡《あと》継《つ》ぎ争いとかあるのだろう。

それにサウリは、アイニを大事に扱ってくれる。

あかぎれのある手を「素敵な手」だと言って、いい匂いのハンドクリームとピンクのマニキュアをくれた。

そしてこうして、つまらないベルナルデッタの授業の時間に現れては、アイニの味方をしてくれる。

「姉上、そんな詰め込み学習じゃ覚えられないですよ」

「そうですよ、こんな同じような名前の貴族の名前を紙で見るだけじゃ覚えきれません」

サウリが援護《えんご》してくれているのをいい事に、アイニもベルナルデッタの授業が詰まらない事に声を上げた。そうだ、アイニは母親とは違い、自分の意見が言えるのだ。

「でもそれは学園内に在籍している方のお家だけに絞っていますから、必ず覚えてないと困りますよ」

ベルナルデッタに淡々と返され、内心「ゲ」と声が出そうになった。

「ベルさんは全部覚えているんですか？」

「はい」

当然みたいな顔をして返事をするベルナルデッタに絶望しそうになったが、そこでまたサウリが助け舟を出してくれた。

「と言っても、姉上は初等部の頃から徐々にじゃないか。アイニにこの期間で全て覚えろって言うのとは違うだろ」

「そうですけど、一か月もあれば覚えられませんか？」

まるで当たり前の事のように言われ、再び紙に目を落とすが、長ったるい名前と説明がぎっしり書かれたのが何十枚もあってげんなりした。

「僕はこの間の試験でも学年上位だけど、姉上だって別に学園の成績がいいわけじゃないじゃないか。自分に出来ない事を人に押し付けるなよ」

「え、そうなんですか？　ベルさんってば成績いいんだと思ってました」

ベルナルデッタは貴族子女としての作法も完璧《かんぺき》だし、感情的になる事もなく話し方も賢そうだったから、てっきり頭がいいのかと思っていた。

それはそうと、サウリが来たのならこの退屈な授業を抜け出すチャンスだ。礼儀作法にはちゃんとした教師が付いているから、ベルナルデッタの授業は少しくらい抜けても大丈夫だと思ったアイニは、王都に来てからほとんど外に出ていない事を思い出した。

「こんな紙の上の文字だけで見たって全然頭に入んないです。ねぇ、外に行って実地で勉強しましょうよ！　こっちに来て全然出掛けてないもの」

　学園を卒業したら、聖女としてとても忙しくなると聞いている。それこそ使用人時代のように休みなどないに等しくなるだろう。

「いいね、それ。アイニは目で見て体験した方が覚えられるタイプっぽいし」

　サウリが同意してくれたので、アイニはすっかりその気で立ち上がるが、それにベルナルデッタは眉《まゆ》をひそめて不可解そうな顔をした。

「え……基礎も出来ていないのに、外に行っても何を得られるというのですか……？」

「それ。姉上よくそういう上から目線の言い方多いですよ。大して頭もよくないのに、そういうのどうかと思いますよ、本当に」

　そう言うサウリのベルナルデッタへの態度の方がどうかと思うが、ベルナルデッタは物静かで感情を表に出さない、気弱そうな女性だが、たまに、こういう言い方をするのがアイニも少し引っかかっていた。

(そうだ、上から……『同等』の相手への言い方じゃないんだわ)

　だからどうもベルナルデッタが好きになれなかったのかと、アイニは納得した。

　それでも、自分は聖女になるのだから上級貴族の娘であるベルナルデッタとは同等なのだ。

　それをちゃんと示さなくちゃ、とアイニはベルナルデッタに習った礼をして見せたが、結果もっと見下されてしまった。

怒ったサウリはアイニを街に連れ出してくれたし、それ以降もサウリにくっついていればベルナルデッタの退屈な授業を受けなくて済んだのでアイニはそうした。

そうこうしている内に、王立学園へ編入する日がやって来た。学習の方はどうにか高等部前までの範囲を終え、礼儀作法の先生からも及第点を貰《もら》えた。学園では頼りになるサウリと同じ学年であるし、何の不安もなかった。実際、編入先のクラスの人たちもアイニに親切だったし、誰もアイニを下に見たり、過剰《かじょう》に持ち上げたりもしなかった。同じだった。

それに気をよくしていたアイニは、サウリが校内を案内してくれた時に見つけてしまった。

唯一、位が違う者を。

食堂でランチを食べた後、サウリと校内を歩いていると、何となく周りの生徒の視線が集まる集団がいるのを感じた。見ると、見覚えのある青みがかった銀髪がその中にあった。

改めて集団を見ると、金色の髪のキレイな男性と、赤髪の逞《たくま》しい男性、それから黒髪のキレイな女性がいた。ずいぶん派手な面々で、その中にベルナルデッタがいるのに違和感を感じて隣のサウリに訊《たず》ねる。

「サウリくん、ベルさんと一緒にいるのは誰？」

「この国の第一王子で王太子《おうたいし》であらせられるエーリク・ハルヴァリ殿下《でんか》とその婚約者のセラフイーナ・パーシヴァルタ侯爵令嬢、それから三年のオルヴァ・マケライネン子爵令息《ししゃくれいそく》だ」

「えっ王子様!?　あれが……。ベルさんと仲がいいのかな？」

王子が学園に通っているとは聞いていたが、本物を見るのは初めてで、本当にいたんだという気持ちが強い。しかも王子とベルナルデッタが一緒にいられるなんて。

「ああ、殿下の婚約者であるパーシヴァルタ嬢と仲がいいらしいから……」

黒髪のスレンダーで上品な美人が、王子の婚約者らしい。

「ねね、私たちも挨拶《あいさつ》にいこうよ！」

せっかく身分に関係なく話せる学園で、王子様に会ったのだ。行かなきゃ損だ。

「えっ」

サウリが驚いている間に、アイニは小走りで輪の中心に向かっていった。

「ベルさん！」

アイニの声に顔を上げたベルナルデッタが、目を丸くするのを見て、そんな顔もするんだと思いながら駆け寄った。

「ベルさんが見えたから来ちゃいました！　えっと、そちらは王子様と婚約者様なんですよね？」

紹介してという態度を隠さず、アイニはチラチラと王子の方を見た。近くで見ると、金色のウェーブのかかった髪に、海の碧《あお》と空の蒼《あお》が混ざったような瞳が印象的な、絵に描いたような『王子様』だった。

（こんな本物の王子様と話せるなんて、夢みたい……！）

赤髪の護衛らしき体格のいい男子生徒が前に出るが、名前を名乗ったら納得して引いてくれた。やっぱり聖女は学園内であれば王子とも〝同等〟なのだと嬉しくなる。

ニッコリ笑いかけたら、この先輩もアイニに好意的な態度になってくれた。

「分からない事も多くてご迷惑をお掛けするかもしれませんが、よろしくお願いします」

婚約者の人は微笑《ほほえ》んでいて、ベルナルデッタはあの『不可解なものを見るような顔』になっていたが、王子様は優しく「ああ、励むように」と返事をしてくれた。

その日の帰りの馬車で、サウリからは「王族の人には自分から話しかけたりしちゃいけない」と注意されたけど、王族だからといって〝皆と違うように扱う〟のは学園の方針にも反するし、何よりも可哀想だと思った。

（せっかくの学園生活もひとりぼっちなんて、王子様が可哀想だわ）

きっと王子もアイニと同じように『異質』な存在としてひとりぼっちの人生を歩んできたのだろう。こういった人の孤独を失くすためにも学園の方針があるのだろうに、小さい頃から貴族として過ごしてきた人たちは、どうしても階級とかが気になるのだろう。

（私はそんな扱いをしないであげよう）

アイニは心に決め、翌日からも王子の護衛であるオルヴァとエーリク王太子殿下と交流を続けた。

王立学園には素敵な人が沢山いた。田舎男爵の庶子のアイニでは口も利《き》けないような人も、アイニが話しかけると最初は戸惑《とまど》うがすぐに仲良くなれた。

ただ、上級貴族の子息は婚約者が決まっている人も多く、よくその婚約者やその友達らしき女性に叱《しか》られた。

中でも、エーリクの護衛も務めるオルヴァの婚約者である、サンドラ・アルディーニは特別物言いがきつかった。金色の髪をいつも綺麗に巻いて、見るたびに違う髪飾りを付けている二年生で、彼女の周りには同じように綺麗に着飾った女子生徒が多かった。

「何度言えば理解してくださるのかしら？　貴女《あなた》のしている事は、学園の秩序《ちつじょ》を乱す行為ですわ。身の程を弁《わきま》えて行動なさいませ」

アイニは美しく着飾っているサンドラに少し憧《あこが》れもあったが、見下す言い方をされるのは嫌だった。学園内では身分なんて関係ないはずなのに、彼女のこれは八つ当たりに過ぎない。

何度か、ベルナルデッタからも学園内では他の生徒に失礼のないように過ごしなさいと言われたが、どうして友達相手に失礼とか言うのか分からない。これだから貴族生まれの人は、頭が固いと思った。

オルヴァはエーリクとの橋渡しもしてくれ、あまり自分で動けないらしいエーリクに代わり昼食やお茶に誘いに来てくれるのもオルヴァだった。

「それで、その時サウリくんが……あっ、ごめんなさい、私ばかり話してしまって」

「いや、いい。アイニの話を聞かせてくれ」

そんな風に、エーリクは口数は少ないが、優しくアイニの話を聞いてくれた。

夢のような日々だった。

エーリクにはセラフィーナという、由緒《ゆいしょ》正しき侯爵家の令嬢である婚約者がいたが、エーリクはセラフィーナよりもアイニとの時間を優先してくれているようだった。オルヴァもそうだが、たびたび自分の婚約者を邪険《じゃけん》にし悪口を言っているのが、アイニはどうしても好ましく思えなかった。

（婚約者同士なのに仲が悪いなんてあるんだ。……エーリク様は、どうなんだろう？）

エーリクも婚約が嫌なのではないかと思っていたら、周囲の生徒がアイニとエーリクがお似合いだと囁《ささや》き始めた。

「アイニさんとエーリク殿下は本当に並んでいるとお似合いですわ」

「え」

最初そう言われた時は、婚約者のいる人なんだからと思ったが、何度も言われるうちに嬉しさが勝ってきた。

「聖女と王子様なんて、まるで物語みたい」

「エーリク殿下もアイニさんと話している時は楽しそうですわ」

「そ、そうかなぁ」

「そうですよ！　教会と王家はあまり仲がよくありませんからね、お二人が懸《か》け橋《はし》になったら国のためにもなるのでは？」

物語に憧れる女子生徒と、親教会派、それから王家に教会の力を取り込みたい家の者がこぞってアイニに味方した。

（私は聖女になるんだから、恋愛はって思っていたけど……もしかしてエーリク様と結ばれた方が、国のためにもいいのかな……）

聖女になると、一生を大聖堂で過ごすために、嫁入りする事はないと言われていた。貴族の妻になるという事は、色々とやるべき事があるので大聖堂に籠《こ》もりきりのアイニが貴族の嫡《ちゃく》子《し》と婚姻《こんいん》を結ぶ事は不可能だった。だけどもしかしたら、王族となら特別措置があるのかもしれない。なんせあまり仲良くない王室と教会を結べるのだ。それは大聖堂に籠もりきりになる生活よりも聖女として国に貢献《こうけん》出来るのではないか？

エーリクは大人びていて素敵だし、王族として孤独な存在であるエーリクの支えになりたいとも思う。もしもオルヴァのように、意に沿わない婚約であるのならば助けたい。

婚約者であるセラフィーナは美しい女性だが、サンドラと違ってアイニがエーリクにくっついていても、何の反応もしない。

（いつか王様になる大変なエーリク様に、愛のない結婚なんてかわいそうだわ）

一生を教会で過ごす事になる自分と、王として国に尽くすエーリクが重なって見えた。

せめて添《そ》い遂《と》げる相手に愛くらい持っていてほしい。

忙しいエーリクを癒やしてあげる存在がいてほしい。

それが、自分かもしれない。

そんな中、エーリクに休日の予定を聞かれた。

「え？　特に、外せない用事はありませんが……」

その日は確か、サウリも侯爵に視察に連れて行ってもらえると言っていた日だと、答えた。

「それならば、街に行かないか？　先日の祭りの話を聞いて私も見てみたくなった。アイニは男爵家にいた頃はよく出歩いていたんだろう？」

「え……！」

(それって、休日に一緒に出掛けるって事!?)

先日街で近々開かれる予定の収穫祭の話をしたが、その時は祭りに行くのは防犯上よくないと言っていたエーリクだったが、興味はあったらしい。

いくらアイニでも、若い男女が休みの日に二人で出掛けるのは親密な関係であると分かる。

(どうしよう、でもエーリク様からの誘いだし……)

「俺も行きます！」

アイニが答える前に、昼食の席に同席していたオルヴァが声を上げた。

「いいのか？　その日は用事があると言っていなかったか？」

「あー、いいんですよ。どうせくだらない用事で、乗り気じゃなかったんで」

(二人きりじゃなくなっちゃった。それならいっか)

何よりもエーリクに誘われたのが嬉しい。

当日はおろしたてのとっておきのリボンで、めいっぱいのオシャレをして出掛けた。

お忍びなので、待ち合わせ場所に集合で、アイニが着く頃にはもう二人ともいたので、慌《あわ》てて駆け寄る。

「ごめんなさいっ！　お待たせしちゃいましたか？」

「いや、大丈夫だ」

「ああ、俺たちも今来たばかりだった」

制服姿しか見た事がない二人の私服は、街に馴染《なじ》むようにしてあったが、どうしても育ちのよさは隠せずに『大きな商家のおぼっちゃんとそのお付き』といった感じだった。

「アイニ、そのリボン……」

見惚《みと》れていると、エーリクがリボンに気付いてくれた。

「あ、はい！　か、カワイイですか？」

勇気を出して問いかけると、エーリクは目を瞬《またた》いた後に、頷いた。

「ああ、タルティーニの生地だな」

言われた意味は分からなかったが、エーリクがカワイイと言ってくれた事に、アイニは天にも昇る思いだった。

エーリクに幸せになってもらいたい。セラフィーナを押しのけて王妃になる気などないが、この優しい王子を癒やしてあげたい。幸せにしたい、そう思った。

だからこそ、後日聞いた噂に、居ても立っても居られなくなってしまった。

⁂

それを聞いたのは、エーリクたちと街に出掛けた二日後の食堂での事だった。

放課後、いつものサロンでお茶をしようとしていたら他の生徒が話している声が聞こえた。

「え……？　あの……今なんて言いましたか？」

　聞き間違いではないかと、アイニがその女子生徒に近付き確認すると、彼女は驚いたように目を丸くした後、言いにくそうにでもどこか嬉し気に、先ほどの話を最初からしてくれた。

「先日のお茶会で、セラフィーナ様ご本人が仰《おっしゃ》られたのよ」

　女子生徒にどこかで見覚えがあると思ったら、セラフィーナの近くにいるのを見た事があるのを思い出す。彼女は一緒に話していた他の女子生徒と何度も視線を合わせながら続けた。

「王太子殿下との婚約は貴族としての義務で、義務さえ果たしていれば、殿下が他の女性と仲良くしていようと関心がないんですって」

　その言葉が耳に入った途端、アイニはサウリたちの止める声も聞こえず、セラフィーナがいつもお茶会をしている中庭のサロンに走った。

「セラフィーナ様ひどいです！」

　突然現れたアイニに、ベルナルデッタが珍《めずら》しく強い口調で怒っていたが、そんなものに構っていられなかった。

「エーリク様との婚約は義務だって言ったたって聞きましたよ!?　ひどいです、愛のない結婚なんて、エーリク様がかわいそうです！」

　そんなのあんまりだ。

　あんなに優しくてひたむきに努力をしているエーリクが、愛のない結婚を強《し》いられるなんて許せなかった。

いくら親が決めた婚約者と言えど、最初から「貴族としての義務を果たすため」と言い切るような相手では愛など生まれる訳がない。

アイニが必死に抗議している内に、エーリクたちも追いかけてきていたらしい。

セラフィーナに席をすすめられ、お茶を出されたが苦いお茶に涙目になった。サウリがミルクと蜂蜜《はちみつ》を入れてくれ、何とか飲めた。

「ふふ、本当に可愛らしいのですね、アイニさんは」

「え、そんな。セラフィーナ様もお綺麗ですよ」

「まぁ、ふふ」

誉められたので、照れながら誉め返したら、セラフィーナはおかしそうに笑った。

そう言えば、アイニはエーリクとはよく一緒にいたが、セラフィーナと話したのは数えるほどしかない。

改めて見ると、落ち着いた、美しい女性だった。真《ま》っ直《す》ぐ伸びた黒い髪は艶々《つやつや》で、紫の瞳は神秘的ですらあった。変にかしこまっている訳ではないのに、自然と美しいと思える姿勢で、こういうのを洗練されている、と言うのだと思った。

（はっ！　見惚れている場合じゃなかった！）

改めて、エーリクとの婚約が義務だと言い切るセラフィーナを糾弾《きゅうだん》したが、セラフィーナはそれを全て優雅に躱《かわ》し、アイニのエーリクへの憐《あわれ》みの気持ちも、淡い恋心も、全て圧《お》し潰《つぶ》してしまった。

その上で、アイニが心の支えにしていた名目まで正した。

「失礼？　わたくしと彼女を同等に扱うあなた方の方が、よほど礼を欠いているのではありませんこと？」

セラフィーナのアイニを完全に格下として扱うセリフに、アイニを庇《かば》ってくれていたサウリが反論できずに唇を噛《か》み締《し》めた。周囲を見回しても、エーリクも、ベルナルデッタも、他の令嬢たちも、あのオルヴァさえも誰一人としてセラフィーナに異論を唱《とな》える者はいなかった。それどころか、大事な事を思い出したかのように目を伏せている。

「で、でも学園内では身分は関係ないって……！」

「それなのですけれど、アイニさんはどこでそのような情報を得たのですか？」

不思議そうに優雅に首を傾《かし》げるセラフィーナに、何を言っているのかとアイニも首を傾げる。

「え……どこって、編入前に家でそう聞いて……」

王立学園の一番の魅力であるのは、身分差を気にせず皆同等で共に学ぶ経験が出来る事ではないのか。

「家でと言うのは、メリカント家かしら？」

「いえ、ミッコラの家です。あと学園の案内書に……」

それを聞いてセラフィーナは、安心したように微笑んだ。

「よかったわ、教育不足でメリカント家に罰を与えずに済みそうで」

その言葉に、サウリがビクリと肩を竦《すく》ませ、ベルナルデッタは目を伏せながらも謝罪した。

「いえ、改められなかった私どもの責任です。大変申し訳ございません……」

「え？　え？　何でベルさんが謝るんですか？　学園内では身分は関係ないんでしょう？」

「そんなものは初等部までの話に決まってるでしょう？」

状況が把《は》握《あく》できずにせわしなく辺りを見渡すアイニに、セラフィーナではなくサンドラが呆《あき》れた様子を隠す事なく口をはさんだ。

「え」

「身分に関係なく仲良く、なんてデビュタント前の初等部まででしてよ。社交界に出たらそんな事気にせずにいられる訳ないでしょう？　ましてや高等部なんて、あと少しで学園を卒業して本格的に社交界に出るのですわよ？　社交を学ぶ事も、学園生活の意味のひとつですわ」

（そんなの知らない。誰も……）

そこで何度もサウリとベルナルデッタに注意された言葉を思い出す。

あの時は何を言っているのかと思ったが、そんな〝暗黙の了解〟があったなんて。

（でもそれじゃあ……）

「で、でも教会で聖女になる私は、上級貴族と同等になるって…………」

「上級貴族と、でしょう？　殿下は王族でいらっしゃるわ」

そう答えるセラフィーナもまた、王族になるのだ。

『王族の人には自分から話しかけたりしちゃいけないよ』

『他の生徒の方々に、失礼のないようになさって』

(全然〝平等〟な学校じゃないじゃない…………)

呆然自失になったアイニをオルヴァとサウリはすごく心配してくれたが、当分立ち直れそうになかった。

当のエーリクはアイニの想いに全く気付いていないと言うか、気にしてもいなかったようだったが「誤解させたのは悪かった」と謝ってくれた。これも多分異例な事なのだろう。

エーリクが王になりセラフィーナと共に歩む覚悟を決めているのは分かったが、それでもやはり心配は尽きず、どうしてもアイニは訊《き》いてしまった。

「エーリク様……殿下は、そんなに頑張ってばかりで、癒やしが欲しいとかは思われないのですか?」

私なら、きっと……そこまでは口にしなかったが、思いを込めてエーリクの返事を待った。

しかしエーリクは、さも当然と言った風に答えた。

「癒やしはそれなりに、草木を愛《め》でたり睡眠などで得られているが?」

「いえ、そうではなく……その、伴侶《はんりょ》にです」

エーリクはますます不思議そうに眼を瞬《しばたた》かせた。

「他者に癒やしを求めるほど軟弱ではないつもりだが」

エーリクは、共に立ち歩んでいける伴侶を求めていた。

寄りかかる相手など、必要としていなかったのだ。

こうしてアイニの初恋は終わった。

＊＊＊

これを機に、学園内の空気が少し変わった。アイニの見方が変わったせいかもしれない。いつも俯きがちだったベルナルデッタが、テストで学年一位を取ったり、サウリも勉強に励んで前ほどアイニにべったりではなくなった。オルヴァはサンドラに婚約を解消されたらしい。そのサンドラは、変わらずキラキラしている。

セラフィーナは相変わらず見るたびに優雅で、アイニとの間にあった事など全く意に介していないようだった。

アイニはと言うと、少しだけ周囲に対して遠慮がちになった。上級貴族としての振舞《ふるま》いと言われて、セラフィーナを見るとあまりの違いに恥ずかしくなったのもある。

オルヴァとサンドラの婚約解消はアイニが直接の原因ではないと思うが、若干《じゃっかん》責任も感じるので、婚約者のいる男子生徒との接触は避けるようにもした。それでも、今まで仲良くしていてくれた生徒とは友達のままだ。少し数が減ったのは、アイニとエーリクの二人がいい感じだと言っていた面々だ。セラフィーナから間接的なお叱りがあったっぽいが、詳しくは分からない。この話になると皆口を噤《つぐ》むのだ。

だが今回の事で、学園内であっても既に派閥《はばつ》争いは始まっている事を知った。その中でも王室派と親教会派というのは大きな派閥だという事も学んだ。渦中《かちゅう》にいながら、ただ利用されていたのだと気付いた時は、アイニは自身の浮かれ具合に再び恥じ入った。

気が付けば、後期の終了も近い。ベルナルデッタとオルヴァは卒業だ。

次の学年に上がる前の長期休みの間には、アイニは大聖堂へ行って学ぶ事になっている。

（学園は私の理想の平等の世界じゃなかった……。教会ではどうだろう……）

あの日会った司教様は「人は等しく神の信徒だ」と言っていたから、貴族界ほど格差はないのかもしれない。

（そうだといいな）

それからアイニは卒業前のオルヴァに告白とエスコートの申し出を受けたが、しっかりとお断りした。婚約者をないがしろにする男性とは、とてもじゃないが幸せになる未来は見えない。


そして卒業式を迎えた。

式の後は卒業生が主役のパーティが開かれ、学園の集大成としてパートナーと共に参加する事になっている。アイニのパートナーはサウリが務めてくれているが、これは保護者としての意味合いだ。

アイニは白のフレアスカートのドレスに身を包んで、上の方でゆるく編み込んで小さな髪飾りを複数付けている。

「あら、似合うじゃない」

会場に入ってすぐ、赤いドレスに金の髪を結い上げたサンドラに会って声を掛けられた。サンドラのドレスは、片側だけが波打つように広がった変わった形をしている。赤と言っても大人しめの赤色で、卒業式ではあくまでも卒業生が主役である事を弁えた上で、最先端のドレスを着る事も譲《ゆず》らない。実にサンドラらしい。そのサンドラの傍《かたわ》らには、同じ金髪の成人男性がいた。顔付きも似ている事から身内の人かなと思ったら、兄だと紹介された。

「あ、あの、髪飾りありがとうございました」

何を隠そう、アイニが今付けている髪飾りはサンドラから贈られた物だ。

「ああ、いいのよ。うちの未来の義兄《ぎけい》が迷惑を掛けたようだし」

『元婚約者』ではなく『未来の義兄』と呼ぶ事で、サンドラはオルヴァの事をすっかり吹っ切って進んでいるようだ。

「いえ、そんな……この髪飾り、とっても可愛いです」

「当然よ、わたくしが選んだんですもの」

フ、と自信満々の笑顔で言われ、アイニも自然と笑顔になった。思えばサンドラは最初からずっとこの調子だった。物言いはきついが、言葉の内容を後で思い返してみれば、正論しか言っていない。

「なるほど、淡い桃色のやわらかい髪によく合っているな」

それまで会話に入ってこなかったサンドラの兄が、いつのまにかアイニの後ろからまじまじと頭を覗《のぞ》き込《こ》んで言った。

「ええ。こういった小さな髪飾りを複数付けるのもいいでしょう？　一式《セット》販売というのも効率がいいですわ」

「卒業パーティで聖女見習いに付けてもらう事でいい宣伝になりそうだ。よくやった、我が妹よ」

「当然ですわ」

　知らないうちに広告塔にされているという事実に気付き驚くも、サンドラいわくセラフィーナやベルナルデッタにも同じような事をしているらしい。正確には、贈り主の男性陣に売り込んでいるのだそうだ。

　詫《わ》びと言われても、自分のために贈ってくれたのかと思って嬉しかったアイニとしては少し複雑な気分だったが、これも含めサンドラなのだ。去《さ》り際《ぎわ》に、こうも言われた。

「貴女も『本物』を身に付けて自分を磨《みが》きなさい」

　その後ダンスの時間となり、まずは卒業生がホールの中心で踊った。その中にリュシアンと踊るベルナルデッタを見つけた。前髪の片方を下ろし、銀の髪を深い青の弧《こ》を描いた髪飾りで纏《まと》めたベルナルデッタのドレスは光沢《こうたく》のある紺色で、胸にヘーゼル色のブローチを付けている。色合いからして、リュシアンからの贈り物なのだろう。

　しかしベルナルデッタは卒業後はこの国で官吏《かんり》になる事が決まっている。言葉の端々から賢そうだとは思っていたが、桁違《けたちが》いに賢かったらしい。侯爵家の息女とは言え、高等部三年中盤になって急に進路変更してなれる職ではない。リュシアンの態度を見る限り、ベルナルデッタに好意を持っているのは分かるのだが、どうなるのだろう。気になって横にいるサウリに聞こうかと思って見たが、なんとも形容しがたい顔をして踊る二人を見ていたので、止《や》めた。

ベルナルデッタは跡継ぎ争いの事から遠慮して才能を隠していたようだが、最近になってそれを止めた……つまり次期当主に名乗りを上げたものだから、今メリカント侯爵家は使用人を巻き込んで大わらわだ。

意外だったのは、サウリはそれに対して感情的になる事はなく、淡々と自分を高める方に時間を費《つい》やしていた。案外似た者姉弟だな、とアイニは思っていたのだが、どうやらそれ以上にややこしそうだ。

一曲踊り終わり、隣国の公子《こうし》であるリュシアンには他の令嬢からの誘いが集まった。ベルナルデッタが官吏になる事から、まだまだチャンスはあると思われているのだろう。一方のベルナルデッタは、そのまま休憩《きゅうけい》に入るようでこちらに歩いてきた。

二曲目からは在校生も踊ってもいいからサウリと踊る予定だったが、先にベルナルデッタへ卒業の祝辞《しゅくじ》を述べた方がいいだろうかとサウリを振り向いたら、「飲み物を取ってくる」と行ってしまった。まだまだ姉弟の関係は始まったばかりで道のりは長そうだ。少し呆れながらも再び正面を向くと、ベルナルデッタと目が合った。ベルナルデッタは以前よりずいぶん目が合うようになった。真っ直ぐ見れば、ストロベリーピンクの瞳は綺麗な色だった。

「ご卒業おめでとうございます」

そう声を掛ければ、「ありがとうございます」と言われた。

「他の方と踊らなくていいんですか？」

少し前から見違えるように綺麗になったベルナルデッタは、今日の装いもそれは美しく会場内からもちらちらと視線を感じる。

「少し休憩を。今はあまり踊る気分ではないですね」

そう言ったベルナルデッタの頬《ほお》は桃色で、リュシアンとやはり何かあるのかと好奇心が疼《うず》いたが自制した。

「アイニさんこそ、たくさん踊りたい方がいらっしゃるのでは？」

暗に以前の振舞いを言われ、アイニは唇を尖《とが》らせた。

「意地悪言わないでください。今パートナーにも置いて行かれているんですから」

エーリクとセラフィーナは王太子カップルという事でやはり別格で、見守るように一段上のスペースからホールを見ている。今日も完璧な二人は、まさしく物語の中に出てくる王子様とお姫様だった。

「え？　サウリは……ああ、困った子ですね」

本当に不思議そうにした後、会場内を見渡して人の間でこちらを気にしていながらも飲み物を選ぶのに忙しいふりをしているサウリを見つけて、ベルナルデッタは小さくため息を吐いた。

その姿を見て、ついアイニの口から質問が漏《も》れた。

「ベルさんは……これからに不安はないんですか？」

女性の官吏はとても少ないらしいし、侯爵家の跡継ぎ争いもベルナルデッタが劣勢に見える。

しかしベルナルデッタはどこ吹く風で、淡々と答えた。

「ありません。願いが叶《かな》わなくても、それは私の力が及ばなかっただけの話ですから」

それから、くるりとアイニに体ごと向けて続けた。

「アイニさんも、何か望む事があるのならば学ぶ事からです。知識は、どんな時でも貴女の力になります」

「私の力……」

繰り返すと、以前よりも知的さの増したベルナルデッタが、ふ、と微笑んだ。初めて正面から見る作り笑顔ではない笑顔は、とても優しく美しかった。


そうして長期休みに入り、アイニは予定通り休みの期間を大聖堂で過ごすために屋敷を出た。案内人と一緒とは言え、初めて一人で訪れた大聖堂で、アイニは様々なモノを目にする事となる。

前回は司教と司祭に面談しただけだったが、今回からは学びと生活をするために部屋も与えられ、大聖堂内の色んな場所に行く事となった。アイニに与えられた部屋は、メリカント侯爵家で与えられている部屋よりも質素な部屋だったが、手入れは行き届いており広さも十分だった。さすが聖女見習いの部屋、といった所か。案内をしてくれた修道女が上の階は教会上層部の部屋で、アイニが正式に聖女になればそちらに部屋が移る事も教えてくれた。

「へぇ、あなたの部屋はどこになるんですか？」

聖女ではないが、同じ教会で働く身になるのだからと、アイニが気さくに話しかけると、二十代くらいであろう修道女は困ったような顔をした。

「わたくしどもは、あちらです」

修道女が手で示す窓の外をアイニが視線で追うが、緑の草木しか見えない。

「？　どこですか？」

「ここからは見えないように設計されています。あの木の向こうに救済院があるんです。わたくしどもはそちらの仕事もありますので、そこで寝起きをしております」

「大聖堂でも救済院を管理しているのね」

確かに救済院の管理は教会だが、大聖堂でもやっているとは聞いていなかったアイニは感心した様子で頷いた。それにしても、大聖堂でも仕事をして、こうしてアイニの案内もしているのに救済院でも仕事があるなんて忙しすぎやしないだろうか？

気まずげに視線を逸らす修道女にこれ以上の質問は迷惑だろうと引き下がったアイニだったが、その後空き時間を見つけ救済院の方へ見に行ってみた。

「え？」

木々の間を抜けた先、目の前に現れたのは、とてもじゃないが大聖堂管理の救済院とは思えない、粗末《そまつ》な建物だった。

（え!?　これが大聖堂で管理する救済院!?　いや、修道女の人たちもここで寝起きしているって言ってたわよね？　こんな所で!?）

どう見ても掃除が行き届いていない。ピカピカの大聖堂とは大違いだ。

更に建物の周りで走り回っている子供たちも皆痩《や》せていて元気がなさそうに見えた。アイニが育ったミッコラ領の子供たちだってもっと肉付きがよかった。

「アイニ様、そんな所で何をなさっているのですか？　もうすぐ食事の時間ですよ」

声に振り返ると、前回案内人をしてくれた若い修道士だった。改めて見ると、部屋に案内してくれた修道女よりも同じような修道服でも身なりがよく見える。

「あ、いえ。こっちは何かなと思って……。貴方《あなた》もこちらで寝泊まりされているんですか？」

「まさか」

修道士は心底嫌そうに鼻を鳴らした。それがミッコラの義兄の仕草によく似ていた。

「こちらで寝泊まりするのは、下層の者ですよ。私は大聖堂内の二階の中層部屋を使わせてもらっています」

「下層……？」

「ああ、アイニ様はまだご存じないのですか。大聖堂で神に仕える者にも階級があるんですよ。聖女になられるアイニ様は上層ですね」

「え……？」

与えられた情報に呆然としている内に、夕食の時間になった。教会内では粗食だろうと思ったが、初日な事もあって、アイニに与えられた食事は十分に豪華だった。食堂内で皆で一緒に食べるのだと思ったが、離れた所でワゴンに料理を載せている者がいて、何とはなしに見たら、そこにはメリカント侯爵家でもめったに見ないくらい贅《ぜい》を尽くした食事が用意されていた。

「それは……？」

「え？　ああ、司教様や司祭様といった方々のお食事ですよ」

アイニは自分のトレイを見て、それから食堂内を見渡した。アイニのトレイにある白いパンが載っているトレイを持つ者は極わずかで、大体が固い黒パンで、おかずの種類も少なかった。

（全く！　〝平等〟じゃないじゃない！）

こんなの理想の世界じゃない、とショックを受けたアイニの脳裏に、ベルナルデッタの言葉が思い出された。

「学ばないと……」

アイニが学園を卒業するまで、あと二年ある。

このひどい現状をどうにかするのは、たかだか聖女見習い程度では無理な事は分かる。聖女になったとしても、そう簡単にどうにか出来る問題ではない。

まずはこの現状の周知を行い、教会内の意識革命もだが、貴族に味方を作らないと何も進まないだろう。

幸いにも、学園には王族も貴族もいる。

学んで、人脈を作るのにはもってこいだ。

（私の理想の場所は、私が作るんだ！）

トレイを持つ手に力を籠め、アイニは胸に誓った。

エピローグ

「そこは赤ですわね。そうね……こちらの色がいいかしら。合わせてみて。……うん、いいですわ、それで。ああ、照明はこれじゃありませんわ」

よく晴れた暖かい日。王宮内はいつにも増して人が多く、慌《あわ》ただしく動いている。

その中心で皆に指示を出す金色の横髪をしっかりと巻いて後ろ髪をまとめている女性……サンドラ・アルディーニは明日王太子妃《おうたいしひ》となるセラフィーナの側近としてベテランの侍女頭と共に指示を出しながらも本人も慌ただしく働いていた。

明日は何と言っても、セラフィーナとエーリクの結婚式だ。新婦側の側近として、完璧《かんぺき》に、最高の物を用意しなければいけない。新婦側近のサンドラの担当は、セラフィーナを着飾らす事がメインだが、部屋の準備も彼女の領域だ。

これまで王宮に住んではいたが婚約者という立場だったので、セラフィーナの部屋はエーリクとは離れていた。しかしついに、明日夫婦になる二人の寝室の準備という大事な任務を任されている。

「やはりソファは革張りではなく布製の方が寛《くつろ》いでいただけるのではないかしら？」

ほぼ完成した部屋を眺《なが》めながら悩むサンドラに、ベテランであるはずの侍女頭も苦笑気味だ。サンドラの美的センスに関しては皆が認めているが、如何《いかん》せんこだわりが強い。実家のコネで大体の物を揃《そろ》えられる故に、毎回ギリギリまでもっと素晴らしい物になるのではないかと悩み続けるのだ。

彼女が納得するまで今日の準備は終わらないのではと、侍女たちが震えながら待っていると、男性の従者が彼女を呼びに来た。

「サンドラ様、お客様がいらしています」

「お客……？　あっ！」

何かを思い出したかのように呟《つぶや》き、後はお願いと言って部屋を出るサンドラの後ろ姿を見送りながら、侍女たちは誰か分からないお客様に手を合わせて感謝した。

「ベルナルデッタ様！」

「サンドラさん。二か月ぶりです」

使用人用の応接間で待っていたのは、半年前から外交のために他国を転々としていたベルナルデッタ・メリカントだった。裾《すそ》の長い官吏服《かんりふく》を身に付けた彼女は、学園を卒業後官吏となり、すぐに頭角を現し二年前からは外交部で外交官として海外を転々としている。

「何とかお式の前に間に合いました」

ホッとした笑みを浮かべるベルナルデッタに、サンドラは少し不満顔だ。

「お式の前に、ってもう明日ですよ！　衣装などの用意もあるのですから、もっと早く帰ってきてくださいよ」

いずれエーリクが即位した際にはその経験を活《い》かすためと、ベルナルデッタはセラフィーナの側近でありながら、今は外国を見て学び知見を広めている。とは言え、主人の結婚式に前日入りでは側近としても貴族の淑女《しゅくじょ》としても時間が足りないとサンドラは憤《いきどお》った。

「すみません、船に遅れが生じまして……。衣装の方はその……彼が用意してくれているので問題ないかと」

後半頬《ほお》を染めながらも嬉《うれ》しそうに言うベルナルデッタに、サンドラは「ああ」と昨年ベルナルデッタと婚約した男性を思い出す。

「リュシアン様の選んだ物でしたら、間違いはないのでしょうが、試着もせずに本番なんてあり得ませんわよ」

「ごめんなさい。でもリュシアン様が私のサイズを間違える訳がないですし……」

とんでもない惚気《のろけ》を自覚なく言うベルナルデッタ。リュシアンは卒業後国に帰ったが、卒業パーティの時言った通り二年後に外交官としてトリニアに訪れたベルナルデッタの前に当然のように案内役として現れた。それまでも何度も手紙のやり取りはしていたが、再会してからのリュシアンの猛アタックを受け、ついに昨年二人は婚約し、リュシアンはハルヴァルにやって来た。三男とは言え、王族の血も濃い公子《こうし》が国を離れゆくゆくは婿入《むこい》りをしようとしているとあって、両国の間で議論は交わされたが、エーリクやセラフィーナの後押しもありリュシアンは婿入り前提でこちらの国にやって来た。

当のベルナルデッタが外交官として各地を飛び回っているので来た意味がないようにも思えるが、リュシアンはハルヴァルにてしっかりと自分の地位を確立し、何なら社交界ではベルナルデッタよりも人気者となっていた。

サンドラはリュシアン自身には好意も嫌悪もないが、あの行動力と社交性には舌を巻く。また、絶対的にベルナルデッタ至上主義なので、ベルナルデッタがセラフィーナに仕える限り頼りになる味方であるのに違いないとは思っている。

「仲がよろしいようでようございました」

「サンドラさんは、まだご結婚はされないのですか？」

突然水を向けられ、サンドラは口に含んだお茶を吹き出すかと思った。

「結婚って……ジェラルド様はまだ去年学園を卒業したばかりですわよ」

サンドラの婚約者、ジェラルド・マケライネンは年が四つも下なので去年ようやく王立学園を卒業した。就職はせずに、家業の手伝いをしている。

「卒業したらすぐに結婚なさるのかと」

「主人のセラフィーナ様がまだなのに、そんな事する訳がありませんわ」

その答えにベルナルデッタは納得した様子だった。

何せジェラルドの熱烈な告白により婚約した二人だ。サンドラを必ず妻にしたいと思っているだろうジェラルドの事だから、すぐにでも結婚すると思っていたのだが、サンドラにこう言われたらそれを尊重するのもジェラルドだろう。

「まぁそんな事気にせずに早々に結婚した方もいますけどね」

サンドラの言葉に、ベルナルデッタはもう一人の側近を思い出した。

「まああれは仕方ないのではありませんか？　双方ともに急ぐ必要がございましたもの」

「そうですわね」

久しぶりの再会ではあるが、サンドラは明日の用意でまだ忙しく、ベルナルデッタも自分を待ち構えている婚約者の元に早く戻らねばならないので、また明日と約束して別れた。


外へ出たついでに明日の結婚披露宴《ひろうえん》を行うホールを確認しておこうと足を向けると、そこで濃い緑色の髪をひっ詰めた侍女に会った。王太子の侍女頭である彼女は、サンドラに気付くと気難しそうな顔つきのまま礼をしたのでサンドラも礼を返す。

「順調そうですわね」

見る限り会場の準備はほぼ完成している。

豪華な飾りつけと共に国旗が掲げられている。

「ええ。サンドラ様、あちらの柵に掛ける布なんですけれど、あの色でよろしいと思われますか？」

女史の差す先にある中二階に出っ張って出来ている舞台。明日結婚する二人が挨拶《あいさつ》をする場所だ。その周囲に国旗の間を埋めるために掛けられている布を見て、サンドラは少し考える。

「そうですね……赤でいいとは思うのですが、もっと濃い赤の方がよろしいかもしれません。その方がお二人の白い衣装が映えますわ」

「なるほど。さすがサンドラ様です」

木で鼻を括《くく》ったような物言いだが、彼女はこれが通常の状態であると知っているサンドラはふと思い出して訊《たず》ねてみた。

「今日はオルヴァ様はどちらに？」

「殿下が結婚式の準備で籠《こ》もってらっしゃるから、これ幸いにと騎士団の方に出ているみたいです」

「ああ……相変わらずですわね」

呆《あき》れるサンドラに、女史は相変わらず淡々と作業を進めながら頷《うなず》いた。

オルヴァ・マケライネンはサンドラとの婚約解消後、両親とエーリクの尽力により、どうにか婚約者を見つけられた。相手はエーリクの侍女をしていた七歳年上の子爵家《ししゃくけ》のご令嬢……つまりこの女史であり、更に周囲はオルヴァが騎士団に入っていらん余所見《よそみ》をしないように、嫌がるオルヴァを無視して一年も経《た》たずに早々に結婚を進めた。

という訳で、サンドラと女史はその内義姉妹《ぎしまい》になる予定である。

オルヴァも最初こそ文句ばかりだったが、彼の感情的な言葉に女史はびくともせずに淡々と正論を返し、結局既《すで》に結婚生活四年目である。マケライネン子爵夫妻とエーリクの読みは正しかったのだろう。

実際騎士としての名も挙げており、今年からエーリクの護衛にも加わった上で、マケライネン家の家業にも携《たずさ》われる余裕も出てきている。それゆえにマケライネン家の家督《かとく》はオルヴァが継《つ》ぐ事になるだろう。これもひとえに、女史の教育の賜物《たまもの》であり、サンドラは未来の義姉を心から尊敬している。

「それでは、私はセラフィーナ様のお部屋に行きますので」

「ええ。明日はよろしくお願いいたします」

互いに礼をし、サンドラはセラフィーナの元へ歩を進めた。

部屋に着くと、数名の侍女たちがセラフィーナの爪を整えたり、マッサージをしたりしている。

「サンドラ、準備はどう？」

「もちろん完璧でございます、セラフィーナ様」

明日の晴れ舞台を前にして、何日も前から最高の状態を作るために磨《みが》かれたセラフィーナは、文句なしにこの国一美しい女性だとサンドラは自負した。

「明日のドレス姿が今から楽しみですわ」

「ふふ、そうね。私も楽しみだわ。ベルナルデッタが戻ってきていたわね。先ほど挨拶に来たわ」

サンドラに会った後、セラフィーナに一言帰還《きかん》の挨拶だけしに来たそうだ。

「結婚式が終わったら、積もる話もあるでしょうからお茶会を開きましょうか」

「結婚式の後は、殿下とのお時間を大事になさってください」

「それはそれ、これはこれよ」

ふふふ、と笑うセラフィーナは学生時代よりも成熟して、気品と尊厳だけではなくこうして余裕も持ち合わせるようになった。王妃教育も既に終了しており、今は王妃に付いて直接仕事を手伝っている。

「ああ、そうだわ。それで教会の方なんだけど……」

思い出したかのように言うセラフィーナに、サンドラも思わず顔を顰《しか》めてしまった。

「それが……まだ、らしいです」

苦虫を噛《か》み潰《つぶ》したような顔で答えるサンドラに、セラフィーナは笑った。

「サンドラの管轄《かんかつ》ではないのだから、そんなに気負わなくていいのよ」

「いえ、管轄でなくとも少なからず縁がある身としましては、他人事《ひとごと》には出来ませんので……」

「まぁ、うふふ。懐《なつ》かしいわね」

二人の脳裏に過《よぎ》るのは、学生時代のあの明るく甘え上手で世間知らずの少女の顔。

アイニ・ミッコラは、学園を卒業後既定通り教会へ入った。聖女見習いとして、当然の道だ。が、彼女が既定通りに動いたのはそこまでだった。

「教会に入った途端に色々と問題を起こして、聖女となった今は世直しの旅に出ているなんて……」

「巡教だと本人は言っているそうだけど、国内の至る所から話が上がってきているわ」

学園に入ったばかりの時に、病的なまでに『平等』にこだわっていた彼女は、国内の各地の教会を回り、運営状況が劣悪でないかを確認し、ついでにその周囲の村や町でも『不平等』や『不正』がないか見て回っているそうだ。

「実際に領主の不正を暴いて報告してくれたりしているからね。最近では彼女の事を『救国の聖女』と呼ぶ者も出てきているそうよ」

「その『救国の聖女』が王太子夫妻の結婚式に不参加なんて事になったら、どれだけこちらが不利益を被《こうむ》ると思っているんですか！」

そう、いくら王室と教会が仲良くなくとも、王室の婚姻《こんいん》の際には必ず大聖堂より祝福を贈るために参加する聖女、そのアイニが絶賛世直し旅中で今どこにいるかも不明なのだ。

しかも王太子と婚約者と聖女が学生時代同じ学舎《まなびや》で学んだ上に、揉《も》め事《ごと》が起きた事もある中、聖女が結婚式に不参加となれば、両組織の関係に亀裂《きれつ》が入るのは必然だ。

「少しは考えるようになったと思ったらこういう事をするんですから！　全くもう！　アイニさんは！」

憤るサンドラを見て、セラフィーナはクスクスと笑った。

「何だか学生時代に戻ったみたいね」

サンドラはハッとして居住まいを正してセラフィーナに向かって礼をした。

「失礼いたしました、セラフィーナ様」

「ふふ、いいのよ。たまにはね」

楽し気に笑うセラフィーナに、サンドラの吊《つ》り上がり気味の眉《まゆ》も下がったところで、扉がノックされ、侍女によって開かれた。

「どうした、何か楽しそうだな」

現れた明日の新郎を、その場にいた者が皆礼をして迎える。

エーリクの後ろにはオルヴァではない護衛騎士と、官吏服のサウリがいた。

「ええ、昔話に花を咲かせていましたの」

「いいな、私も入れてくれ」

「殿下、そんなお時間は……」

サウリに窘《たしな》められ、エーリクは残念そうにしていたが再びセラフィーナの姿を見て、小さく微笑《ほほえ》んだ。

「綺麗《きれい》だ」

「ふふ、式は明日ですしまだドレスは着ていませんよ」

「そうか、明日はもっと美しいのか」

空気を察し、サンドラが目配せして侍女たちを下がらせる。サンドラとエーリクに付いて来た騎士とサウリも退室し、今日までの婚約者を二人きりにする。

エーリクも忙しい身であるから、小一時間もあればいいだろうとその間にする事を頭に思い浮かべていると、サウリが遠慮がちに話しかけてきた。

「あの、姉に……ベルナルデッタにお会いになりましたでしょうか？」

サウリは学園を卒業後は、父や姉と同じく官吏の道へ進んだ。同じ政治部ではあるが、ベルナルデッタとは違い内政の方で働いていて評判は上々だと聞いている。メリカント家の跡目《あとめ》はまだ決まっていない。ベルナルデッタが名乗りを上げて、サウリが卒業するまでに頭角を現した事で、久しぶりの女性侯爵《こうしゃく》を推《お》す声がちらほらと出てきている。

「数刻前に会いましたが、もう帰ったと思いますよ」

「そうですか……」

しょんぼりとするサウリは、学生時代にはベルナルデッタとあまり仲のよい姉弟《きょうだい》には見えなかった。しかし例の騒動の後からはベルナルデッタの後を追うように勉学に励みだしたので、思う所があったのだろう。当のベルナルデッタは前だけを見て進んでいたが。

「ご実家にも帰還の挨拶に寄られるでしょうから、お会いできるのではなくて？」

ベルナルデッタは現在家を出て、別に屋敷を構えている。正確には、リュシアンが構えた屋敷に一緒に住んでいる。婚約者となったからと言っても、さすがにベルナルデッタ不在のメリカント家にリュシアンが住むわけにもいかないため、必然的にベルナルデッタが家を出る事になったのだ。

「……寄りますでしょうか」

「あら、あなたのお姉様はそのくらいの礼節も持ち合わせていらっしゃらないのですか？」

「そんな事は……っ」

「じゃあ寄るでしょう。それでなくとも、今回帰国してしばらくはハルヴァルにいる予定なのですから、何度でも会う機会はありますでしょう？」

それだけ言うと、サンドラはサウリの返事を待たずにさっさとその場を後にした。


その日の夜、待ち合わせをしたジェラルドと共にレストランで食事をしながらサンドラは今日の話をした。

「という訳で、本当に忙しかったですわ」

「お疲れ様です」

ジェラルドはこの五年でずいぶん背が伸び、サンドラの事も早々に超して立派な男性になった。それでもあの日エメラルドグリーンに輝く海を見ながらサンドラに言ったように、常にサンドラに愛を捧《ささ》げ、気を配ってくれている。

「サウリ様は少々……拗《こじ》らせ気味でいらっしゃるみたいです」

「拗らせ？　どのようにですの？」

「婚約の打診があった際にその……姉さん並みに賢くないと嫌だと、仰《おつしや》ったとか……」

言いにくそうに苦笑するジェラルドの言葉に、サンドラは目を丸くした。現在、官吏の一番の出世頭と言われるベルナルデッタ並みに賢い令嬢など、そうそういる訳がない。

「それは、拗らせていらっしゃるわね」

だが学生時代の初期はアイニに過保護だった気がするから、とにかくどちらかに振り切れている方がいいのだろうか。人の好みは分からないが、適当な所で手を打たないと、隣国の公子という最上級の婿を連れてきたベルナルデッタに家督争いで負けるのではないかと他人事ながら心配になったサンドラだった。

「明日の結婚式には、披露宴の前にお迎えに参ればよろしいんですよね？」

「え？　ええ、そうね」

　サンドラはセラフィーナの衣装周りの責任者なので、式の間はセラフィーナに付きっきりになる。式の後のパーティでは、セラフィーナの意向もあり、側近としてパートナーと共に参加するように言われているのでジェラルドとはそこで会う事となる。

「セラフィーナ様のために、完璧なお式にしなくてはですわ」

「気持ちは分かりますが、気負いすぎないでくださいね。僕はいつでもサンドラ様の助けになりますから」

　変わらないジェラルドの献身を受け、頬を赤らめながらもサンドラは明日の式に向けて気合を入れ直す。

　そうは言っても、寝不足は美容の大敵である。式を成功させるために裏方としても頑張るが、同時に側近としても恥ずかしくない姿でパーティに参加しなければならないサンドラは、その日は早々にジェラルドと別れ帰路に着き、体を磨いて早めに就寝した。

　準備は万端だ。ただ一つの心配事は、アイニ・ミッコラの到着だけだった。

そして当日。

空は雲一つない晴天。めでたい日という事で、国を挙げてのお祝いムードで街も祭りの装いだ。式に街の人間は参加出来ないが、式の最後に王太子夫妻が広場に向かって手を振ってくれるため既に広場には人々が集まってきている。

王宮内にも国内外の貴族が集まり、主役の登場を待っていた。

「世界一お美しいです、セラフィーナ様……！」

「当然ですわ」

サンドラが最後の仕上げに紅を引き、出来上がった姿にベルナルデッタが目を潤《うる》ませている。

花嫁の控え室には、数人の侍女と共に側近であるサンドラとベルナルデッタが控えていた。

この後新郎新婦それぞれの扉から登場して合流し、大聖堂司教と聖女から祝福を賜《たまわ》り、王と王妃から祝辞《しゅくじ》を受け、セラフィーナには王族入りを意味するティアラが授けられる。

扉の前に立つセラフィーナの後ろに控えながら、ベルナルデッタが小声でサンドラに問いかけた。

「それで……アイニさんは到着したんですか」

「………聞いておりません」

思わず大声が出そうになってベルナルデッタが息を飲んだのが分かる。そうだろう。サンドラも同じ思いだ。

しかし何も聖女は国内に一人だけではない。光魔法の遣《つか》い手《て》の女性は数人はいるから、式は行える。ただ少しお年を召している上に、何よりも同じ学生生活を送ったはずの聖女であるアイニが出席しない、というのが結婚式にケチを付けるのだ。

（アイニさんめ……セラフィーナ様の結婚式を不完全なものにするなんて、次会った時にお説教ですわ！）

　しかし時は待ってくれない。扉は開かれ、セラフィーナとエーリクが王宮内の聖堂で向かい合う。

　王宮内にある聖堂は天井《てんじょう》が開閉式の造りになっており、今日は陽の光の祝福を受けるために開けられている。陽の光を受ける白いドレスのセラフィーナは、本当に美しく、全てに祝福された花嫁に間違いなかった。

（セラフィーナ様……本当に綺麗……光もキラキラと輝いて祝福を……キラキラ？）

　控え室より聖堂を覗《のぞ》きながら涙していたサンドラの思考が、はたと止まる。

「サンドラさん……何だかあの光、おかしくありませんか？」

　隣で涙ぐんでいたベルナルデッタも、同じように目を瞬《しばたた》いて問いかけてきた。

　参列者の間でもざわざわとどよめく声が広がっていく。

　セラフィーナとエーリクの周りの日の光だけが、目の錯覚《さっかく》ではなくキラキラと輝いているのだ。そんな中、中心の二人と大司教だけが動じないのはさすがと言わずして何と言おう。

　ふ、と雲一つなかったはずの空に影が出来た。エーリクとセラフィーナの周りは変わらず輝いている。突然出来た影に、参列者たちは思わず上を見た。

開け放たれた天井を覆《おお》うのは、雲ではなく大きな鳥だった。

「え……!?」

そしてそこから一つの固まりが落ちてくる。

だんだんと大きく形が見えてきたそれが、人の形をしている、と気付いた時には、ダン、と音を立てて着地していた。

しんとなる聖堂内で、着地をした者の衣擦《きぬず》れの音だけが響く。ばさりと白いマントをはためかせ、フードを取ってピンクブロンドの髪が広がる。

「エーリク様、セラフィーナ様、ご結婚おめでとうございます！　聖女アイニ・ミッコラより祝福を！」

高らかに唱《とな》えたアイニの言葉に応えるように、エーリクとセラフィーナの周囲にあった光がぐるぐると回り、天へと立ち昇った。

この結婚式は、稀代《きたい》の賢王《けんおう》と王妃と、それから救国の聖女と共に後世へと長く語り継がれるものとなった。

おまけ　とある王女のため息

「君との婚約を破棄したいんだ」

最近よそよそしかった婚約者に呼び出され、学園内でも人気《ひとけ》の少ない東屋《あずまや》にやって来てみれば、開口一番そう言われ、金色の髪の少女はいつも絶やさぬようにしている笑みを一瞬だけ忘れそうになった。

　目の前の婚約者殿は、その背にピンクブロンドの髪の少女を庇《かば》いながらも、こちらの様子を窺《うかが》っている。一つ上の婚約者を、少女は微笑《ほほえ》みを浮かべたまま何の感情もない目で眺《なが》めた。以前から、優柔不断で流されやすいタイプだと思っていたが、まさかここまで、というのが正直な感想だ。

　とりあえず一番引っかかる部分を口に出してみた。

「破棄、ですか」

「そうだ……。僕は真実の愛に出会ってしまった。君との婚約を破棄して、彼女と結婚したいんだ！」

　婚約者はそう言うと、ピンク髪の少女の背に手を添え、少女は内気そうにこちらを窺うように見上げてきたが、その目には優越感が隠せていなかった。

「ごめんなさい、王女様……。私たち、愛し合っているんです！」

たかが高等部一年で、愛を語るのか。

彼女の事は知っている。

とある男爵《だんしやく》の庶子《しよし》である事が判明して、高等部から王立学園にやって来た。この国の第一王女である少女の同級生だ。その出自と容姿が、昔この学園に編入してきた聖女と酷似《こくじ》している事から、少し有名だった。

「それならば、きちんとした手続きをして『解消』でよろしいのではありませんか？　第一このお話は、ご両親はご存じなのですか？」

「両親は関係ない！」

「あるでしょう。家同士が決めた婚約なのですから」

彼の家は、何代か前に王家の血筋が嫁入りした公爵家《こうしやくけ》だ。国でも有数の豊かな領地を持っており、現在隣国との貿易も順調なため、名産品の安定供給と販路の確かな確立を考え、第一王女の婚約者に選ばれたのだ。

「そんな……愛のない結婚を推《お》し進めるなんて、王女様はむなしくないのですか？」

「むなしい訳ないでしょう。王族の結婚よ？　国益が第一だわ」

何を言っているんだと見下ろす瞳は王妃譲《ゆず》りの神秘的な紫色だ。

その言葉に、少女はわっと顔を覆《おお》い泣き出す。

「そんなの彼が可哀想《かわいそう》だわ！　王女様は愛のない王夫妻の子だから分からないでしょうけど、彼は愛のある結婚がしたいんだから！」

この学園には、現国王たちの学生時代の逸話《いつわ》がいくつか残っている。

その中の、愛などないと公言していた王夫妻の話を言っているのだろう。

「それは国王並びに王妃に対する侮辱《ぶじょく》と受け取ってよろしいかしら？」

「ま、待ってくれ！」

淡々と問う王女に、元婚約者が慌《あわ》てて止めに入る。愛のない結婚を支持は出来ないが、さすがに国王夫妻の事を言ったのはやりすぎた。

「すまない、彼女も言葉の綾《あや》でそんなつもりはなかったんだ。でも僕が彼女を愛していて、君を愛せないのは確かだ。君も……そういう相手が見つかれば分かると思う」

そう言いながらも、彼も愛のない夫婦の間に生まれた王女に愛が理解できるとは思っていないのだろう。王女を憐《あわ》れむような視線を向けながら、その手は愛する少女の肩にまわっている。

（時間の無駄だわ）

どうせここで当人同士が話しても何も決める権利などないのだ。

同時に、短い時間ですぐに他の女に落とされるような男は、王女としても伴侶《はんりょ》として願い下げだ。

「わたくしから国王に報告しておきますが、そちらもきちんとご両親に報告してくださいませね」

親に握り潰《つぶ》されて、やっぱり婚約続行でなどと言い出さないように釘《くぎ》を刺すが、二人は顔を輝かせお互いを見た。勝手にしろ。

喜ぶ少女を抱きしめながら、元婚約者は一瞬複雑な表情をして、王女を見て口を開いた。

「ありがとう……でも、こんな時でも君は顔色を変えないんだね……。やっぱり、君には愛が分からなかったか」

木々のざわめきにまぎれて、クスクスという人の笑い声が響いた。

不貞《ふてい》の恋人たちが去った東屋で、王女は一息吐《つ》いてそれでも優雅な仕草で座った。

「ふふ、み～ちゃった、み～ちゃったっ」

「覗《のぞ》き見なんてはしたないわよ」

どこからか現れた黒髪の少女が、こらえきれない笑いを手で抑えながらも、全く隠す気のない様子で声を漏《も》らしながら出てきた。

「ふふ、真実の愛、愛が分からない王女様だって、うふふ、ふふっ、あははは！」

「淑女《しゅくじょ》は大口を開けて笑わないの」

「あはっ、だって……っ、お腹《なか》痛いっ、うふふふっ」

当然のように王女の隣に座りながら、黒髪の少女はお腹と口をそれぞれ器用に押さえながら笑いを止められない様子だ。二つに結ばれた黒い髪の束が揺れ、印象的なヘーゼル色の瞳が光の加減か赤っぽくなる。

「ほら、瞳の色が不安定になっているわよ」

「あは、いけない」

ようやく笑いを抑え込み、少女が深呼吸すると瞳はヘーゼル色へと落ち着いていく。

「貴女《あなた》が闇魔法の遣《つか》い手《て》である事は極秘事項なんだから、気を付けて」

「はぁい、王女様ぁ。それにしても、あの〝聖女気取り〟ついに王女様の婚約者を落としたか～。見る目のない婚約者様。これからどうするのかしら？」

王女との婚約を蹴《け》っての嫁など公爵家で認められるわけがない。それでなくとも、男爵家の庶子なんて釣り合いが取れない。

「廃嫡《はいちゃく》かなぁ？　廃嫡したお坊ちゃんとあの女が上手《うま》くいくかなぁ？」

「さあ。もう関係なくなるから、どうでもいいわ」

また笑いがこみ上げてきたらしい少女を、王女は感情の見えない紫の瞳で眺めて興味なさげに答えた。

「あの女もおかしいね。自分は聖女と何の関係もないのに、学園に入って聖女の学生時代の話を聞いて、勝手にその気になるなんて」

「そうね、聖女の本物の娘はここにいるのにね」

母親譲りのヘーゼルの瞳をにい、と、少女は歪《ゆが》めた。

彼女が聖女の子である事は、彼女が闇魔法の遣い手である事と同時に機密事項であった。

第一王女として、同級生として、この機密事項を知る王女は改めてため息を吐《つ》いた。

「ああ、でもこれからまた新しい婚約者を決めなきゃいけないのは面倒だわ」

王族の婚約者は大体王立学園に入る前から決まる。

第一子である王女ともなれば、婚約者選びは生まれる前から始まっていた。

「それを勝ち抜いた公爵家は、こうなるなんて思ってもなかっただろうね」

きっと彼は両親に報告して大目玉を食らうだろうが、関係ない。

「よその国の王族を婿《むこ》に貰《もら》うとかいいんじゃない？」

「悪くない案だけど、婿はいらないわ。王位は弟が継《つ》ぐのだから」

「え、そうなの？　第一子は王女様なのに？　メリカントの女侯爵様が次の宰相《さいしょう》になるって言われているんだから、王家も女の人が継いでもいいんじゃないの？」

女性でいながらメリカント侯爵家を継いだ才女は順調に実績を残し、次の宰相にほぼ本決まりと言われている。

「貴女王宮内の事に詳しすぎない？　それでも私は王の器《うつわ》ではないからいいのよ」

伴侶に自分の足りない所を補ってもらうにしても、その伴侶候補もさっきいなくなった。

「そうなんだ？　女王陛下《へいか》って呼んでみたかったのに」

「馬鹿な事言っていないで、婚約者候補を探す方を手伝ってちょうだい」

「王女様が自分で探すの？」

「王家でも選別するでしょうけど、自分でも調べておいて損はないでしょう。経歴や家柄だけじゃなくて、ああいった風に別の女に現《うつつ》を抜かす輩《やから》を撥《は》ねられるでしょう？」

「ああ、真実の愛」

また少女が笑い出してしまった。よっぽど彼女のツボにはまったらしい。

「真実の愛ねぇ。何をもってして真実なのかしら」

首を傾《かし》げる王女の膝《ひざ》に、少女は行儀《ぎょうぎ》悪く頭を載せて寝ころんだ。

「『愛のない両親の元に生まれた愛が分からない王女様』だから分からない？」

ヘーゼルの瞳がキラキラと見上げてくる。からかうような響きも特に気にならない。

彼女も分かっていて聞いているのが分かるからだ。

「それなんだけど……」

王女は自分の家族を思い浮かべる。

「私含め五人の子供がいて、側室も愛人も一切いなくて、その影すらちらつかなくて、公務以外も一緒で、それでいて記念日には未《いま》だに贈り物をし合う夫婦に、愛がないのかしら？」

王女の言葉に、黒髪の少女は今度こそ大きな声を上げて笑った。

あとがき

『悪役令嬢たちは揺るがない』をお手に取ってくださりありがとうございます。

初めまして、八月八《やつきわかつ》と申します。前作などをご存じで初めてじゃない方は「あれ？」と思われたかもしれませんが、私は性別にこだわりがない人間なので、男女カップルの話も普通に書きます。

この本をお手に取られたという事は、悪役令嬢ものがお好きですね？　私もです。

一度自分でも書いてみたくなり、出来上がったのがこの作品です。ちょっと異質な悪役令嬢ものとなったので、どうかなと思ったのですが、皆さんに受け入れられて書籍化もしていただきました。ありがとうございます。

この作品の悪役令嬢と呼ばれる少女たちは皆、悪役令嬢と呼ばれてもしかるべき部分を持っています。でもそれ以上に自らの信念の下、誰かに頼るでもなく、自分の今まで培《つちか》ってきた力で困難を突破出来る子たちです。その努力は心を強くした結果、メンタルつよつよ令嬢が三……いえ、四人誕生した訳です。

恋愛面が薄めとなっておりますが、そんな覚悟の決まった努力家のつよつよ女子がいたら、惹《ひ》かれる男がいないわけがないよね！　と思って書きました。

ウェブ版からエーリク、リュシアン編とモブ生徒目線が加筆されていますが、ウェブ版から読んでくださっていた方は「何か足りない」と思われたかもしれません。

　そうです、オルヴァがいません。担当さんにも聞かれましたが、オルヴァは作中で何を考えているのかもう全部書いているからよくない？　という訳でカットしました！　そしてまさかの裏表紙の男子ズにもいませんでした。これはもうそういう役回りとしておいしいのではないかと思っています。しっかり者の姉さん女房をもらいましたし、多分大丈夫です。尻に敷かれ、弟夫婦にせっつかれながら領主としても頑張ると思います。

　今回女子が中心のお話という事で、春野《はるの》薫《た》久《く》先生のキラキラとした少女を沢山描いてもらってとても嬉《うれ》しいです。タイプの違う美少女がいっぱい！　制服もオシャレで、男性キャラもファンタジーらしくキラキラしていてとても素敵で、いただいたラフ画を何度も見ています。サンドラの髪型を沢山描いてくださりありがとうございます。

　しかもなんと、今作コミカライズ化も決まっております！

　そちらの方もぜひ読んでいただけたらと思います。

　それでは、最後になりましたが、この本の出版、販売に尽力してくださった全ての方にお礼申し上げます。

　また、機会があったらお会いしましょう。

八月八　拝

本書は「小説家になろう」(https://syosetu.com/)に
掲載していたものを加筆・改稿したものです。
この作品はフィクションです。実在の人物・団体・事件などにはいっさい関係ありません。

●ファンレターの宛先
〒102-8177　東京都千代田区富士見2-13-3　戦略書籍編集部

悪《あく》役《やく》令《れい》嬢《じょう》たちは揺《ゆ》るがない

著／八《や》月《つき》　八《わかつ》
イラスト／春《はる》野《の》薫《た》久《く》

2023年11月30日　初刷発行

発行者　山下直久
発行　株式会社KADOKAWA
〒102-8177　東京都千代田区富士見2-13-3
(ナビダイヤル) 0570-002-301
デザイン　SAVA DESIGN
印刷・製本　TOPPAN株式会社

■お問い合わせ
https://www.kadokawa.co.jp/ (「お問い合わせ」へお進みください)
※内容によっては、お答えできない場合があります。
※サポートは日本国内のみとさせていただきます。
※Japanese text only

ISBN978-4-04-737725-7　C0093　©Yatsuki Wakatsu 2023　Printed in Japan
定価はカバーに表示してあります。